MW01518707

그리운 것들은 산 뒤에 있다

김용택 산문집

창작과비평사

1997

그리운 것들은 산 뒤에 있다

ⓒ 김용택 1997

지은이/김용택
펴낸이/김윤수
펴낸곳/(주)창작과비평사

초판 발행/1997년 4월 30일
2쇄 발행/1997년 5월 20일

등록/1986년 8월 5일 제10-145호
주소/서울시 마포구 용강동 50-1 우편번호 121-070
전화/영업 (02)718-0541,0542 · 편집 (02)718-0543,0544
    독자관리 (02)716-7876,7877
팩시밀리/영업 (02)713-2403 · 편집 (02)703-3843
하이텔 · 천리안 · 나우누리 ID/Changbi

우편대체/010041-31-0518274
지로번호/3002568
인쇄/삼신인쇄

ISBN 89-364-7037-X 03810
* 책값은 뒤표지에 표시되어 있습니다.

그리운 것들은 산 뒤에 있다

책머리에

봄이 왔다.

눈을 떠서 바라보는 곳마다 꽃이다. 땅을 내려다보면 광대살
이꽃, 노란 꽃다지꽃, 민들레꽃, 냉이꽃, 봄맞이꽃, 현호색꽃
들이 눈이 시리게 피어 있고 산을 보면 복숭아꽃, 산벚꽃이 이
마에 닿을 듯 피어 희고 참나무, 때죽나무, 느티나무 새 이파
리들이 꽃보다도 더 이쁘게 피어난다. 산과 들이 그러니 물 또
한 꽃빛으로 곱다.

사람들의 봄만 이런 일 저런 일로 심란하고 한심하고 부아가
끓는다. 세상이 이럴 수가 있고 이렇게 살아도 살아지는구나
생각하면 잠이 다 달아나는 일이다. 부끄럽고 괴롭다. 북한에
서는 아이들이 굶어 죽어가는데 남한에서는 날마다 몇 조니 몇
천억이니 하는 돈들이 길바닥의 돌멩이처럼 굴러다닌다. 차라
리 외면하고 싶고 도망가고 싶다. 도망가고 싶은 거기에도 봄
은 와 있다.

옛날 농사 지으며 살았던 사람들은 그 마을에 태어나서 평생
을 그 마을에서 살다가 그 마을에서 죽어 묻혔다. 그들은 한 마

5

을에서 태어나 죽을 때까지 함께 살아야 했기 때문에 거짓말이나 임시방편이 통하지 않았다. 더구나 도둑질을 한다거나 남을 속였다가는 그 마을에서 살기가 힘들었다. 다시 말해서 한번 신용을 잃으면 회복하기가 힘들었고 조금 도가 지나치면 다른 곳으로 이사를 가야 했다. 마을에 느닷없이 이사와서 살던 뜨내기들은 그래서 그 마을에 뿌리를 내리지 못하고 다시 뜨곤 했다.

여기에 모은 글들은 모두 진메마을 이야기이다. 이번 산문집 『그리운 것들은 산 뒤에 있다』는 진메마을 이야기로는 두번째 책이다. 몇년 전 『섬진강을 따라가며 보라』라는 산문집을 낸 나는 독자들로부터 의외로 많은 격려를 받았다. 옛날의 한 작은 마을의 이야기가 오늘 같은 세상에서도 관심거리가 되다니, 나는 그후 다시 진메마을 이야기를 쓰기 시작했다. 한권의 책이 될 만해서 이렇게 묶게 되었다.

『섬진강을 따라가며 보라』는 마을의 형식에 대해서 쓴 글들이 많았다. 마을의 자연환경과 그 환경을 가꾸고 살았던 농민들의 모습을 이야기했는데 이번 산문집에는 주로 내가 겪었던 '그때 그 시절'의 아름다운 이야기들을 모아보았다. 글을 모아놓고 보니 여간 초라하고 못마땅한 게 아니다. 어떤 글들은 『섬진강을 따라가며 보라』를 보아야 이해가 되는 글도 있다.

모두 4부로 나누어져 있는데 각 글들이 꼭 구분되는 것은 아니다. 성격이 비슷한 것들끼리 나누었을 뿐이다. 1부에는 동네 사람들이 사는 모습 중에서 내가 겪고 본 것들, 2부에는 어릴 적의 내 이야기를, 3부에는 진메마을 사람들 중에서 사는 모습

6

이 독특하고 아름다워 보인 분들의 이야기를, 4부에는 요즈음의 내 이야기를 주로 모아보았다.

한 마을에 태어나 죽을 때까지 그 마을에서 살았던 옛 농부들은 행복했다. 그들의 삶이 비록 가난하고 누추했더라도 그들은 자연과 더불어 인간의 삶을 느리고 더디게 가꾸며 살았다. 내 좁은 소견이지만 오늘날 우리가 사는 이 시대가 행복 없는 '무서운' 시대가 된 것은 농사를 지으며 사는 사람들이 이땅에서 사라져가는 때문이 아닌가 한다. 농사짓는 사람이 없는 시대에 사는 것은 산소 없는 곳에서 사는 것과 같다. 우리는 곧 정신적으로 육체적으로 숨이 막힐 것이다. 모든 것이 옛날이 좋았다고는 생각지 않고 옛날로 돌아가자는 것도 아니다. 다만 나는 옛날이 그립디그리운 것이다.

이 글에 나오는 사람들은 모두 실명이다. 그들에게 혹 누가 되지는 않을지 걱정이다. 그런 부분이 있다면 순전히 내 잘못이다. 나는 그들을 지금도 늘 만나지만 그들에 대한 나의 애정은 항상 변함이 없다. 그들이 사는 땅에 지금 꽃들이 눈부시게 피어난다. 저 봄같이 찬란했던 날들이 옛날에 있었다. 사람들 가슴에 저런 따뜻하고 포근하고 고운 봄이 언제 올 것인가.

이 책이 나오기까지는 편집부 유용민씨의 노고가 너무 컸다. 창비 여러분께 심심한 감사의 말씀을 올린다.

꽃피는 봄 섬진강변 작은 마을에서
김 용 택

차례

제1부

돼지 잡는 날

　사람들이 나에게 취미가 무엇이냐고 물을 때 나는 매우 난감해진다. 나는 친구라고 해봐야 강진면, 덕치면 동갑내기들 다 합쳐서 15명밖에 되지 않는다. 동갑이라고 해서 다 친구가 되는 것도 아니다. 친구가 없으니 자연 그들과 어울려 지내는 일이 없다. 고스톱도 늦게 배워 두어 번 치면 재미가 없고 맥이 빠진다. 장기나 바둑도 갑갑하고 낚시도 그렇고 수석이니 분재니 난 가꾸기니 하는 것들도 전혀 흥미가 없다. 늘 하는 일이 독서인데 글을 쓰는 사람의 취미가 독서라고 할 수는 없잖은가. 알고 보면 나같이 외롭고 쓸쓸하고 고독한 사람이 없을 것이다.

　내가 제일 좋아하는 것은 이야기인데 많을 때는 한 주일에 두서너 팀씩 이야기 상대가 학교를 찾아오니 그건 취미니 뭐니 하기 전에 '일'이 된다. 나도 친구를 갖고 싶다. 한가한 저녁 벗들을 불러모으고 마당에 앉아 또는 술집에 앉아 평안한 마음으로 시를, 인생을, 세상을, 남자의 외로움을, 삶의 고독함을, 나이의 쓸쓸함을 더듬거리고도 싶다.

그러나 나라고 어찌 취미가 없겠는가. 어쩌다 취미를 기재할 난이 있으면 이것저것 생각하다가 꼭 '영화감상'이라고 쓴다. 나는 식구들과 함께 늘 영화를 보러 간다. 우린 특히 한국영화를 좋아한다. 신문을 보다가도 영화, 비디오를 소개하는 난은 절대 빼놓지 않고 읽는다. 한때 나는 동아일보를 보았는데 이따금 속지에 나오는 연예인들의 사사로운 가십란까지 어찌 자세히 읽는지 아내에게 핀잔을 받은 적이 다 있다. 지금도 나는 문화면을 제일 먼저 보며 그것도 영화나 영화배우들의 이야기에 더 눈길이 간다. 텔레비전에서도 영화나 비디오를 소개하는 프로는 놓치지 않고 보는데 우린 대개 그 짧은 몇몇 장면들을 보고 그 영화를 볼지 안 볼지를 결정한다. 그러나 안성기, 박중훈이 나오는 영화는 거의 다 본다. 안성기나 박중훈이 한국에 산다는 것만으로도 나는 행복할 때가 있다. 좀 지나치다고 할지 모르지만 사실이 그렇다. 그리고 우리는 아놀드 슈왈제네거와 실버스터 스탤론이 나오는 영화는 무조건 본다.

언젠가 우리 네 식구가 극장가를 지나다 간판을 보니 아놀드 슈왈제네거가 주연한 영화가 상영중이었다. 우린 만사 제치고 극장으로 들어갔는데 웬걸 극장 안은 초만원이어서 키가 작은 우리 식구들은 큰일이었다. 그런 일(자리 잡는 일)에 용감한 아내가 어딘가를 쑥 뚫고 갔다 포도시 나오더니 통로가 조금 비어 있다는 것이다. 우린 거기다 신문을 깔고 앉아서 영화를 보았는데 무지 재미있었다. 한참을 보다가 나는 아내에게 "여보, 근디 이 영화 제목이 뭐여" 했더니 "몰라, 그냥 봐요" 하며 손가락을 입에 대며 "쉿!" 하는 것이었다. 나는 그래도 궁금해서 옆에 앉은 여자에게 물어보니 그도 모른다며 킥킥 작은 소리로 웃었다. 나는 지금도 그 영화 제목을 잘 모른다. 아 참, 생각났다. 정확한가는 몰라도 아마 「트루 라이즈」가 아닌가 한다. 우리가 주로 보는 영화는 그들이 주연하는 터무니없는 액션영화인데, 나는 그런 영화가 좋다.

사람들은 영화에서 무슨 심오한 어떤 것을 읽거나 또는 영화를 놓고 온갖 유식한 체하며 거기서 역사와 사회를 꼭 읽어내려 하지만 난 솔직히 그게 골치 아프다. 딱 잘라 말하지만 영화는 영화다. 보면 즐겁고 신나고 그리고 후련하면 된다는 가벼운 생각을 나는 갖고 있다. 나는 내 나름대로 안목을 갖고 있어서 신문이나 어떤 매체들이 떠들어대고 온갖 난리를 피워도 속지 않는다. 도대체 극장에 가서까지 어떤 심각함 속에 빠지기는 싫은 것이다. 영화는 있을 만한 일과 있을 수도 있는 일을 그리기도 하고, 있을 수 없는 일을 곧잘 그려내기도 한다. 나는 이 두 가지 영화가 다 좋은 것이다. 「서편제」가 우리 영화에 끼친 공로까지 부인할 생각은 없지만 나는 이 영화에 쏟아진 찬사들에 눈곱만큼도 동의하긴 싫었다. 임권택 감독의 영화를 다 좋아하지만 「서편제」나 「장군의 아들」에서 나는 큰 감명을 받지 못했다.

나는 요즘 「축제」와 「학생부군신위」를 보았다. 이 두 영화를 만든다고 할 때부터 바짝 긴장하며 개봉을 기다린 것은 모두 초상 마당의 이야기를 다루고 있다는 소문 때문이었다. 나는 진작부터 초상 마당의 그 독특함에 늘 매료되어 있었다. 그래서 할머니의 죽음을 처음부터 끝까지 따라가며 시를 한 편 썼는데, 그 시가 「맑은 날」이었다. 나는 내가 평소에 진메마을에서 보아온 그 초상 마당의 분위기를 생각하며 「축제」 개봉관에 들어갔다.

「축제」는 참으로 골고루 잘 만든 영화였다. 초상을 치르는 절차를 고루 갖추고 있었으며 문상객 중에 머리 허연 이가 한 분 끼여 있었는데 아마 작가 이청준씨인 것 같았다. 그 모습이 너무나 여유있어 보였고 조연으로 나오는 소리하는 분의 연기는 참으로 하나도 버릴 것이 없었다. 옷판도 시종일관 아주 잘 짜여 있었고 빈 상여 놀이를 시작할 때와 화면 밖에서 들리는 유행가 소리도 아주 재미있고 그렇게 생생할 수가 없었다. 우리 동네 정규아재, 한수형님이 거기 있었던 것이다.

「학생부군신위」는 비디오로 보게 되었다. 그런데 이건 아니었다. 처음부터 끝까지 절대 이럴 수는 없는 것이었다. 영화가 이렇게 건조하고 맥없이 이어지다니! 에피쏘드와 에피쏘드가 연결이 안되고 얼토당토않은 이야기들이 전개되었다. 민방위 훈련이 시골에서 벌어진 것은 너무나 엉뚱했다. 풍자라고 한다면, 글쎄 그렇다면 거기에 어울리는 그 무엇이 있어야 하는데 그렇지 못했다. 어떤 친척이 보험을 들라고 설치고 다니는데 그럴 수 있단 말인가. 아무리 그렇더라도 어떻게 총으로 돼지를 잡을 수 있으며, 왜 다방 아가씨들을 비디오로 찍는단 말이며, 아무리 그렇더라도 초상 마당에 찾아온 여자가 정사를 벌일 수 있겠는가. 그 아이는 또 뭔가. 아 정말이지 나는 실망에 실망을 거듭했다. 아이들은 아예 보지 않고 딴전을 피우며 저희들끼리 놀고 있었다. 나의 영화수준이 형편없거나 아니면 그 영화가 형편없거나 둘 중의 하나였다. 어떻든 유감이었다.

영화 「축제」를 보다 지난 시절 우리 동네의 돼지 잡던 날들이 문득 떠올랐다.

옛날 동네에서 돼지를 잡는 일은 그리 흔치 않았다. 언제부터였는지 모르지만 추석이나 설이 돌아오면 동네에서 돼지를 잡았고, 고된 모내기나 가을일이 끝나도 돼지를 잡았다. 아마 70년대 들어서였을 것이다. 돼지를 잡는 날은 대단한 축제일이다.

모내기가 서서히 끝나갈 무렵 동네 사람들은 무논에서 일을 하느라 진기가 다 빠지고 기름기를 흙이나 물에 뺏겨 몸이 푸석푸석해진다. 세상에서 제일 고된 일은 비 맞으며 혹은 뜨거운 햇볕 아래 무논에서 일하는 것일 터이다. 모내기철에 어른들 장딴지가 거머리에 뜯겨 피를 질질 흘리면서도 아무렇지 않게 다니는 모습을 늘 본다. 모내기를 하다가 다리가 간지러워 손으로 얼른 문지르다 보면 영락없이 거기 거머리가 미끈거렸다. 피를 빨아먹어 배가 통통해진 거머리를 장딴지에서 뚝 떼어내어 손으로 꽉 눌러보면 주삿바늘에서 나가는 물줄기처럼 피가 찍 나갔다. 어떤 놈은 한껏 피를 빨아먹어서 어찌나 배가 부른지 배불리 먹은 젖먹이처럼 스스로 뚝 떨어지기도 했는데 그런

놈은 구슬처럼 동그랬다. 징그러웠다. 거머리에 뜯긴 데는 두 고두고 비가 올라치면 얼마나 가려웠던가. 그럴 때마다 아버지나 어머니는 거머리에 물린 데를 담뱃불로 지져서 가려움을 넘기곤 하셨다. 그렇게 피와 기름기를 다 논에 빼앗긴 동네 사람들은 모내기가 모두 끝나고 써레도 씻어 매달아놓으면 돼지를 잡았다.

"여어, 일도 슬슬 끝나가는디 돼지 한마리 까야제."

하며 누군가가 한마디 던져놓으면 그 말이 이리 딩굴고 저리 딩굴며 하루, 이틀, 사흘…… 열흘 굴러다니다 드디어 누구네 집 돼지로 결정이 나면 잘 먹어야 본전이라는 여름돼지를 잡는 것이다.

돼지 잡는 날, 마을회관 앰프는 여지없이 실험된다. 성질 급한 사람이 나와 돼지를 달 저울부터 찾는다.

"아아, 마이크 시험중. 아아, 푸푸 마이크 시험중. 니미 이놈의 마이크는 맨날 고장이여. 아아, 나온다. 마이크 나와. 그려 주민 여러분에게 안내 말씀 드리겠습니다. (마이크 잡으면 표준말이다) 다름이 아니라 지금 큰 저울을 찾고 있습니다. 큰 저울을 가지고 계신 분은 빨리 회관으로 보내주시기 바랍니다. 아 저울을 썼으면 제자리에다 갖다놔야지 빨리빨리 싸게싸게 갖고 옷씨요잉."

동네에 큰 저울과 작은 저울이 있다. 큰 저울은 돼지나 공판보리·공판나락을 달 때, 작은 저울은 고추나 돼지고기 등을 달 때 쓰인다. 이런 방송이 나가면 벌써 회관 마당엔 기선이양반, 임종호씨, 문수씨, 아랫집 큰아버지 등이 서성거리고 계신다. 저울이 나오기까지 저울의 보관과 사용에 대해서 얼마나 갑론을박 시끄러운가. 거기서부터 큰소리가 나기도 해서 돼지 잡는 시간이 배나 늦추어질 때도 있다. 아무튼 큰 저울이 나오면 한수형님, 이환이양반, 판조형님, 백석이양반 등이 저울을 들고 잡기로 한 돼지가 있는 집으로 간다. 그런데 가서 보면 돼지 배가 남산만하게 부풀어 있다. 뉘집 돼지든 잡거나 파는 날 배가 터지도록 포식을 시킨다. 그래야 근수가 많이 나가니까. 옛날엔 푸주간 쥔들이 돼지 잡는 날짜와 시간을 맞추어놓고는 부러 하루나 이틀쯤 지나서 돼지 밥때가 훨씬 넘었을 쯤에 느닷없이 기습작전을 펴는데, 이 최후의 만찬이 지난 시간을 택해야 한두 근 이득을 볼 수 있기 때문이었다. 돼지 쥔은 아무것도 안 먹였다고 시침 뚝 떼지만 아이들까지 다 아는 게 일반화된 상식이다.

아무튼 동네 사람들은 배부른 돼지를 잡아야 한다. 대여섯 사람이 돼지막에 둘러서고 누군가가 칡이나 새끼줄을 들고 안으로 들어간다. 그때 꼭 돼지막에 들어가는 사람은 한수형님이다. 우선 돼지 귀를 꽉 잡고 휙 자빠뜨리면 대개의 돼지들은 벌러덩 넘어진다. 이때 재빨리 달려들어 앞다리와 뒷다리를 꽉 잡아 묶어야 하는데 이완이양반이나 판조형님이 꼭 그 일을 하신다. 귀를 잡고 휙 넘어뜨릴 때 돼지가 "꽥, 꽤애액" 지르는 괴성은 대단해서 그 소리는 마을에서 불끈 솟아오른 불꽃 같고 느닷없이 터지는 총소리 같다. 하지만 그 소리는 그보다 훨씬 시적이다.

돼지 괴성이 동네 앞산에 쩌렁쩌렁 울려퍼지면 그때부터 본

격적으로 돼지 잡기 잔치가 벌어지는 것이다. 우선 똥을 질질 아니 물똥을 질질 싸는 돼지를 묶은 앞다리와 뒷다리 사이에 서 까래만한 줄작대기를 꿰어 어깨에 메고 큰 저울로 근수를 단 다. 이 일은 꼭 종만이양반이나 박세완이 한다.

"아, 빨리빨리 달아. 어깨 아파 죽겠구먼."

"아, 가만히 좀 있어 이 사람아, 눈금이 흔들린당게."

돼지가 꽥꽥거리며 온몸을 요동치기 때문에 줄작대기를 멘 어깨가 아프다.

"몇근이여, 몇근? 아 빨리빨리 좀 허랑게!"

어떨 때는 눈치로 짜고 눈금을 다시 보고 다시 보고 하다가 "어매 잊어부렀네. 다시 한번 메어봐"하기도 한다.

"거 뭣같이 눈에다 동태눈깔 달았는가."

어쨌든 근수를 달고 나면 돼지를 둘러메고 가마솥에 물이 끓 는 용택이네나 종만이양반네로 향한다. 용택이네 집은 한곳에 큰 솥이 두 개 나란히 걸려 있고 종만씨 집은 대문간에 바로 쇠 죽솥이 걸려 있는데다 길가에 있기 때문에 늘 그 집으로 간다. 동네 사람들은 벌써 와서 어떤 사람은 물을 긷고 어떤 사람은 칼을 간다.

묶인 돼지를 뚤방이나 조금 높은 곳에 모로 뉘어놓고 도끼 머 리로 돼지를 쳐죽여야 하는데 이 일을 하는 사람은 꼭 정해져 있다. 그분은 하도 그 일을 많이 해서인지 도가 터서 한방에 끝 내버린다. 뭣이든 한가지 일을 오래 하다 보면 도가 트이게 마 련이다. 우물도 한 우물을 파라고 하지 않았던가. 이 어른이 없으면 그날 돼지 잡는 일은 약간의 사태가 일어난다. 왜냐하

털이 뽑혀 하얗게 드러난 돼지 몸뚱어리.

면 돼지머리를 여러차례 때려야 하니 머리가 거의 박살이 나버리기 때문이다. 아무튼 그분의 도끼 한방에 돼지는 똥을 싸며 쭉 뻗고 괴성도 그쳐버린다. 동네는 다시 조용해진다. 조용한 가운데 돼지는 숨을 거두는 것이다.

돼지의 숨이 끊어지기 전에 할일이 또하나 있다. 가장 중요한 멱따기이다. 숨이 깔딱깔딱할 때 단 한칼에 목을 찔러야 돼지 몸 속에 돌고 있는 피를 다 받아낼 수 있다. 동네에서 가장 날카롭고 잘 드는 이 작은 칼을 쓰는 칼잡이 또한 꼭 정해져 있다. 만약 이분도 어디 가고 없으면 이날의 순대는 별볼일 없게 되어버린다. 왜냐하면 선지피가 영 형편없기 때문이다. 이분도 어찌나 그 일을 오래 했던지 도가 틔었다.

아, 이제 돼지는 싸늘한 시체가 되어버렸다. 이제 뜨거운 물을 끼었어 털을 뜯으면 되는 것이다. 뜨거운 물을 퍼다 찌틀면 사람들은 너나없이 달려들어 털을 뽑는다. 가을철이나 여름철엔 괜찮지만 섣달 그믐 추운 때는 참 힘이 든다. 손은 뜨거운데 뒤는 춥기 때문이다. 어쨌든 털이 다 뽑히고 밀려서 몸뚱어리가 하얗게 되면 돼지를 지게에 짊어지고 강가로 간다.

그런데 징검다리에 가서 기다리는 사람들보다 돼지는 항상 강물에 늦게 도착해서 징검돌 중에서 가장 넓적한 데다 뉘어진다.

징검다리나 강가의 돌멩이에 어른 아이 들이 앉거나 서 있는 모습은 한폭의 그림이다. 어떤 때는 평화이며 어떤 때는 기다림이며 어떤 때는 희망이기도 하다.

돼지가 뉘어지고 징검다리가 좁아라 사람들이 삥 둘러싸면 아이들은 신을 벗어부치고 물로 들어가 고개를 들이미느라 정신이 없다가 꿀밤을 자주 먹는다. 남정네들과 아이들 모두 징검돌에 하나씩 혹은 서너 명씩 서서 돼지 잡는 광경을 흥미롭게 지켜봤다. 어른들은 그 살벌한 칼질을 아이들이 보지 못하게 했다.

돼지를 잡는 날이면 아이들은 온통 돼지오줌보에 정신이 팔려 있다. 짚공보다 아주 그럴듯하게 좋은 것이 돼지오줌보에 바람 넣은 공이기 때문이다. 어떻게든 아버지나 삼촌을 꾀어 오줌보를 따내야 했다. 그 일을 우리 아버지가 꼭 해주시곤 했다. 돼지 배를 따고 내장을 들어낸 다음 아버지는 재빨리 돼지오줌보를 뚝 따서 우리들에게 던져주었다. 우리들은 돼지오줌보를 모래밭에다 득득 문지르고 오줌보에 달라붙은 기름을 떼어내고 바람을 불어넣어 풍선처럼 만들어 강변에서 논배미에서 축구를 했다.

돼지 배를 따는 일을 하는 사람이 또 정해져 있다. 배가 슬슬 따지면 깨끗한 내장에서 김이 뭉게뭉게 난다. 간, 큰창자, 작은창자…… 이때 기술이 가장 중요하다. 배를 가를 때 밥통을 잘못 건드리면 똥물이 온 내장에 펴져 내장은 그야말로 못 먹게 된다. 내장이 보통 내장인가. 온 동네 사람들이 삶아 나눠먹는 내장이 아닌가.

김이 뭉게뭉게 나는 따뜻한 내장에 손을 넣어 간을 꺼내면 사람들의 눈은 빛나고 목울대에선 침 넘어가는 소리가 나기 마련이다. 피가 별로 묻지 않은 칼을 흐르는 냇물에 씻어 간을 조금씩 잘라 왕소금에 찍어 들고 소주 한잔을 마시고 고개를 쳐들고 생간을 입에 넣어 꿀꺽한다. 나도 한점, 너도 한점, 더 달라, 고만 묵어라, 언제 내가 먹었냐, 거짓말 마라 하며 "지선이양반 아까 묵었잖여" "은제 내가 묵어" "너는 나만 그러드라" "내가 언제 그렸며" "하따 그만들 뒤, 돼지 간 식겠네" "니기미 나는 한점도 못 묵었네" "누가 인자 오래야?" "지미 그놈의 소가 해필 그때 새끼를 낳대야" "어이 얌쇠양반 한점 드셔" "아녀 아녀 자네나 더 묵어" "어매 술 다 떨어졌네, 난 한잔도 안 묵었는디."

간이 다 떨어지고 다시 조용해지면 동환이양반은 작은창자를 가지고 저만큼 떨어진 곳에서 창자를 뒤집어 소금에 빤다. 나는 이분의 그 말없는 작업에 늘 눈길이 가 머물곤 했다.

뙤뚱한 징검다리, 우툴두툴한 징검다리. 아 이젠 그 그리운 징검다리가 뜯기고 거기 본때 없는 시멘트 다리가 놓였다. 징검다리만 생각하면 나는 느티나무에서 바라보던 그 모습이 눈에 어려 분노와 함께 안타까움이 가슴을 친다. 그 징검다리는 우리 동네의 상징이었다. 그 징검다리로 인하여 동네의 서정이 맘껏 빛났던 것이다. 거기서 들리는 천가지 만가지 물소리들이며 달빛에 빛나는 돌멩이들이며 그 위에 소복소복 쌓인 겨울날 아침의 눈이며 저물녘 나뭇짐 풀짐을 지고 오가는 농부들의 모습이며…… 그 징검다리가 사라짐으로써 진메마을의 풍경이 죽어버렸다.

동환이양반이 내장을 뒤집어 깨끗이 빨고 나면 돼지 잡는 일은 거의 끝이 난다. 다리는 다리대로 발목은 발목대로 내장은 내장대로 다 분리되어버린 것이다. 그러면 사람들도 하나둘 징검다리를 떠나고 징검다리 밑엔 온갖 물고기들이 다투어 돼지에서 나온 것들을 먹는다.

이제 고기가 되어버린 돼지를 집에 가져다 놓으면 나는 잡기장을 준비한다. 고기 근수를 사 가는 대로 적어두어야 하기 때문이다. 용택이네 두근 반, 한수네 세근 한눈, 윤환이네 두근, 암재할머니 반근, 종만이양반네, 현이네, 큰집, 아롱이양반네 …… 한근 두근 지푸라기에 꿰어 아무데나 달아두고 값을 정한다. 동네 사람에게는 좀 싸게 팔아야 하는 것이다. 돼지를 판 쥔에게는 시장가격대로 주지만 고기를 사먹는 사람들은 시장가격보다 훨씬 싸게 사먹는 것이다. 돼지를 잡은 사람이 물주가 되는데 장사가 아니니 소주 두어 병 값만 벌면 되므로 고기값을 정하는 데 별로 큰 문제가 없다. 쌀이 날 때면 쌀로 고기값을

진메마을 사람들이 필자가 심어 가꾼 느티나무 아래 모여 잔치를 벌이고 있다.

계산하고 보리 때가 되면 보리를 주면 되는 것이다. 아침밥 먹기 전 고기값을 받으러 다니는 한수형님, 종길이아재, 판조형님이 고기장부를 펼치며 "용택이네는 한근 두눈이구만"하는 그 모습을 지금 떠올리니 그냥 눈물이 다 글썽해진다.

고기값이 정해지고 손해를 봤네 어쨌네, 돈 벌었네 어쨌네 시끄러운 속에 가마솥에선 돼지 내장이 푹푹 삶아지고 김이 무럭무럭 솟아오르고 마당에 덕석이 펴지고 커다란 상에 왕소금과 김치 한보시기 놓으면 사람들은 상에 빙 둘러앉는다.

이 글을 나는 새벽 네 시에 일어나서 쓰기 시작했다. 잠은 한두시쯤 깨었을 것이다. 모기가 물어서 일어났다가 잠이 오지 않아 뒤척였는데 창문을 보니 흰하게 밝았다. 마루에 나갔더니 앞산 너머도 환했다. 꼭 새벽빛이었던 것이다. 물소리가 간간이 들리고 소쩍새가 울고 청개구리가 울었다. 내가 마루에 나가는 소리에 어머니도 깨셨다. 나는 다시 자리에 누웠다. 잠이 오지 않아 오줌을 싸러 앞논에 나갔다. 별들이 보였다. 그리고 달이 높이 떠 있었다. 앞산이 싱싱하고 까맣게 서 있었다. 밤꽃 내음이 어지럽구나. 방에 들어왔다. '그래 시를 써야 돼. 왜 시인들이 시를 쓰지 않을까. 나는 시를 써야지' 하며 뒤척이다가 일어나 쓰다 만 이 글을 쓰기 시작했다.

동네의 풍경이, 그때 돼지 잡던 왁자한 모습들이 눈에 선하게 떠올랐다. 먼데서 새가 울고 있었다. 네시 반쯤 되었다. 밖에 나가보았다. 앞산에 안개가 하얗게 내려오고 있었다. 문을 열었다. 날이 밝아왔다. 나는 늘 이렇게 아침이 오는 것을 보곤 했다. 제비들이 울고 물새가 울었다. 사람들의 목소리가 꿈엔 듯 들렸다. 개가 짖고 안개가 산을 내려와 강을 덮고 강을 건너와 강변까지 덮고 느티나무까지 덮었다. 안개 속에서 새가 지저귀고 제비들이 날아다닌다. 우리 집 제비 새끼는 다 컸다. 뒷산 밤꽃 내음은 내 코끝에 있다.

김이 무럭무럭 나는 내장을 도마 위에 얹어 숭숭 썰어 양푼째 상에 내다놓으면 숟가락 젓가락을 잡기도 전에 맨손이 먼저 나간다. 식은땀을 뻘뻘 흘리며 곳곳에 서거나 앉아 훌훌 국을 마시는 사람들, 그들에게 고기란 대체 무엇이던가. 배가 부른 이들은 지푸라기로 꿴 살코기를 들고 집으로 돌아간다. 내장으로 양이 덜 찬 사람들은 또 고깃국을 끓이리라. 여름철엔 잘 먹어야 본전이 될 돼지고기지만 먹는 것이다. 오랜만에 기름기가 들어가 설사야 나건 말건 꺼먼 부엌에 연기를 자욱하게 피워올리며 고깃국을 끓여 마루에서 모기에 뜯기며 먹는 것이다. 오랜만에 목구멍에 때를 벗기는 것이다.

잔치는 끝났다. 그러나 내가 하려는 이야기는 끝나지 않았다. 잔치가 끝났다고 역사가 끝난 것은 아니다.

돼지를 잡아서 고기를 만들고 내장을 삶아 먹고 설거지를 마무리할 때까지 시종일관 많은 사람들이 동원되어 한가지 일이라도 거들게 마련인데, 일이 끝나기까지 손가락 끝에 물 한방울 안 묻히고 피만 묻히며(피는 묻힌다. 생간을 집어먹어야 하니까) 말을 가장 많이 하는 이가 한 분 있다. 돼지우리에서 돼지를 묶을 때부터 고기를 나눌 때까지 참견하며 입으로만 감놔라 배놔라, 틀렸다, 그렇게 하면 되간디, 거긴 아니여, 그래봐라 뼈만 가져간 사람은 손해다, 누가 뼈다귀만 가져간다고 허겄냐…… 뒷짐 지고 호주머니에 손 집어 넣고 서서 칼질마다 사사건건 시비를 걸어 일하는 사람의 부아를 돋우고 약을 올리는 이가 한두 분쯤 어느 마을에든 있다. 돼지 잡는 일뿐 아니라 동네 길가에 난 풀을 베거나 동네 앞길 청소할 때, 동네 징검다리 손볼 때, 아무튼 자기 일이 아닌 동네의 공동부역이 있을 때 반듯하게 서서 빗자루만 들고 왔다리갔다리 하거나 낫만 쥐고 이리 갔다 저리 갔다 풀 한주먹 베어 들고 그 풀을 끝까지 들고 다니면서 자기가 가장 동네를 생각하는 것처럼 자기 아니면 동네가 금방 폭삭 망하기라도 할 것처럼 입으로만 온갖 일을 다 참견하고 걱정하는 분들이 동네마다 있기 마련이다.

그런 분이 진메에도 있다. 아직 생존해 있다. 돼지우리에서 돼지를 잡아 묶을 때 동네 사람들 뒷전에서 고개를 들이밀고 일하는 사람들을 나무라기 시작하는 것이다. 간섭하고 시비 걸고 찍자 붙고 탓하고 무시하고 업신여기기까지 하는 것이다. 돼지 발목을 그렇게 묶는 것이 아니여, 저울 추가 그렇게 밑으로 가면 되간디, 헤리고만 아니 세고만, 물이 안 뜨겁고만, 칼이 안 드는고만, 그러다가 창자 터지겠다, 나도 술 좀 더 달라…… 맛있는 데는 자기가 다 골라 먹고 자기가 다 사가려고 큰소리 지르고 자기가 하는 말이 다 옳고 자기가 아니었으면 돼지가 살아서 도망가버리기라도 할 것처럼, 자기가 아니면 돼지고기가 닭고기로 될 것처럼, 자기가 아니면 돼지곱창이 싱겁고 짜서 못 먹을 것처럼 시종일관 따라다니며 따지고 큰소리 치고 비웃는 사람, 그래서 동네 사람들한테 무시당하고, 핀잔받고, 욕을 얻어먹는 그런 사람.

그러나 이제 그분도 할일이 없어진 것이다. 동네에서 돼지를 잡을 일이 별로 없고 잡는다 해도 두어 사람뿐이니 그분이 끼여들어 잔소리할 데가 없는 것이다. 돼지 잡는 판이 그분 때문에 쌈판이 되고, 칼질을 몇번이고 멈추고 칼을 던지며 나가던 왁자하던 일도 이젠 없어졌다. 어찌보면 돼지 잡는 일이 없어진 뒤로 동네는, 진메는 끝이 난지도 모른다. 생각을 해보라. 그분의 간섭이 없다면 어찌 돼지 잡는 판이 살아나겠는가.

돼지를 잡는 일은 생명을 죽이는 일이다. 칼날이 번득이고 피가 낭자하고 돼지의 몸이 하나하나 해체되는 그 무시무시한 죽음의 판에 아무 소리도 없이 숨을 죽이고 피와 칼에 잘리운

죽음을 축제로 승화시키는 타고난 솜씨를 가진 '마을의 예술가' 문계선씨.

돼지의 몸을 보고 있다면 생각만 해도 으시시하다. 그 침묵과
공포의 시간에 죽음을 살려내는 이가 바로 그분인 것이다. 으
시시한 죽음의 판을 말로 살려내어 살판으로 만들어내는 분,
그분을 나는 마을의 예술가라고 생각한다. 그것은 죽음을 축제
로 승화시키는 타고난 솜씨와 기질이 아니고는 불가능한 일이
다. 이제 그분은 늙어서 잘 걷지도 못한다. 논배미에 넋놓고
앉아 파랗게 자라난 벼포기들을 보기도 하고 시멘트 다리로 변
한 징검다리께를 그저 바라만 보고 있다. 물소리를 들으며 그
분은 옛날의 돼지 잡는 판이 쌈판으로 번지던 그 왁자한 소리와
벗들의 얼굴을 떠올릴 것이다. 그분은 훌륭한 농군이었으며 한
번도 자기 뜻을 굽히지 않은 대단한 오기를 가졌다. 그분이 바
로 문계선씨이다.

죽음까지도 삶의 한 과정으로 끌어안았던 옛사람들의 삶의 모습은 어찌보면 한도 슬픔도 그 무엇도 아니다. 그냥 자연의 과정이었다. 한어린 서러움과 분노와 슬픔이 많았던 농군들의 삶, 그리고 그들의 일상이 담긴 초상 마당이나 공동의 일터에는 늘 그 판을 일구고 살려내는 꾼이 있었다. 그 꾼들은 끊임없이 명멸했다. 생명력을 가진 예술가는 이 죽음의 판을 삶으로 돌려놓은 사람일 것이다.

　나는 땀냄새 사람냄새가 덕지덕지 붙은 그 판을 좋아해왔다. 나는 고급스럽고 점잖은 내실의 예술보다 걸판지고 걸쭉하고 덜 세련되고 투박하고 서툴고, 그러면서도 그런 것까지 다 살려 아우르는 민중의 예술을 사랑한다. 나는 심각해지기를 극히 싫어한다. 어떤 사실의 이면을 될 수 있으면 무시하고 또 잘 보지 못한다. 나는 그냥 눈에 보이는 것, 마음에 그려지는 그 무엇을 좋아하고 읽으려 한다.

　학교에서 집으로 돌아와 쉬다가 이 글을 끝맺는다. 해가 졌다. 산그늘이 서늘하게 온 동네를 덮자 할머니 한 분이 하얀 옷을 입고 뒷짐을 지고 구부정한 모습으로 강물 흐르는 쪽으로 걷는다. 푸른 산을 배경으로 그림같이 걷는다. 단순한 고요의 절정이다.

밥

　며칠 전 저녁밥을 먹기 전에 아내가 밥 위에 얹어 찐 감자를 접시에 담아 내놓았다. 쌀밥티가 하얗게 묻은, 김이 무럭무럭 나는 감자를 먹으며 나는 배고프던 지난 시절로 생각이 달려갔다.

　어렸을 적 어머니는 밥을 먹기 전에, 그러니까 밥상을 다 봐놓고 밥을 밥그릇에 담기 전에 먹을 것을 양푼 가득 담아 방으로 가져오셨다. 겨울철엔 언제나 고구마였는데 깨끗이 씻어 밥솥에 얹어두었다가 밥보다 먼저 내왔던 것이다. 여름에는 보리밥 위에 감자를 얹어 쪄서 양푼 가득 내오셨다. 군침이 돌고 잔뜩 허기져 있을 때 들어오는 보리밥티가 다닥다닥 붙은 김나는 고구마나 감자는 우리들에게 늘 별미여서 기다려지는 음식이었다. 배가 고플 대로 고픈 우리들은 허겁지겁 먹어치우지만 양이 차지 않아 늘 불만이었다.

자주색을 띤 하지감자는 늘 서슬이 파르스레했다. 확독에다 문질러 껍질을 대충 벗긴 감자를 밥 위에 살짝 얹어 찌면 금이 쩍쩍 가고 목이 컥컥 막힐 정도로 포슬포슬했다. 고구마도 감자와 마찬가지로 대충 씻어 밥 위에 얹어 찌면 그렇게 맛이 있었다. 고구마는 잘 익지 않으므로 자연 길쭉하고 작은 것들을 골라 쪘다.

그렇게 고구마나 감자로 허겁지겁 배를 채우고 나면 어머니께서 밥상을 들여오셨다. 그러니 밥이 많이 들어갈 리 없었다. 양식을 아끼는 방법 중의 하나였지만 감자나 고구마로 대충 채운 뱃속을 밥으로 가득 채울 수가 있었으니 얼마나 다행이었겠는가 말이다.

겨울철에는 고구마가 떨어지면 어머니는 무를 썰어 솥 바닥에 깔고 그 위에 쌀을 안쳐 밥을 지었다. 불을 때다 보면 늘 밥이 눌어 누룽지가 생기기 마련인데 무를 잘게 썰어 솥에 깔면 무만 눌고 밥은 하나도 솥에 달라붙지 않았던 것이다.

무를 많이 넣어 밥을 한 날, 무 조각이 둥둥 뜬 숭늉은 비위에 맞지 않아 우리들은 늘 찬물을 먹곤 했다. 또 채를 썰어 넣거나 샛노란 무 움을 넣어 밥을 할 때도 있다. 이런 경우에는 밥을 밥그릇에 푸지 않고 양푼이나 대접에 퍼왔다. 그래서 고추장과 김치만 넣어 비비면 맛있는 비빔밥이 되었지만 우리들은 별로 좋아하지 않았다. 비릿한 무 움이나 무가 비위에 맞지 않았던 것이다.

또한 밥을 풀 때 주걱으로 고구마나 감자를 턱턱 쳐서 밥과 함께 퍼올 때도 있었다. 꽁보리밥에 섞인 하얀 감자는 보기도 먹기도 좋았다. 감자밥은 따뜻할 때는 맛이 있지만 식으면 영 맛이 없고 혀끝에 알알한 독기마저 느껴졌다. 그럴 때는 고추장을 넣고 비벼 먹기도 했다.

그런데 어쩌다 잘 으깨지지 않은 감자나 고구마가 들어 있어 그걸 빼먹고 나면 어이없게도 밥이 폭 꺼져버려 무척 서운하고 아쉬운 경우도 있다. 혹 어머니가 나를 미워해서 이렇게 으깨지지 않은 감자를 넣어준 것이 아닐까 하는 엉뚱한 생각이 들기도 한 것이다.

감자나 고구마, 무를 넣어 밥 해먹는 일은 여름철이나 겨울철 내내 계속되었다. 그러다가 고구마가 떨어지면 어머니는 '지죽'을 자주 끓였다. '지'는 전라도 말로 김치를 가르키는 것이다. 지죽은 대개 싱건지와 쌀을 넣어 끓인 것으로 서양음식으로 치면 수프나 다름없다. 싱건지는 무뿌리와 잎사귀 그리고 맹물로 담은 전라도 특유의 싱건김치이다. 겨울철 눈쌓인 장독대에서 눈을 쓸어내고 이 싱건지를 꺼내다 먹으면 이가 시렸다. 얼음이 더그럭더그럭할 때도 있지만 긴긴 겨울밤 배를 채워주는 데는 그만한 음식이 없었다. 싱건지 국물과 무만 먹어도 요기가 되었던 것이다.

지죽은 싱건지 건더기로 만들었다. 새파란 무 잎사귀와 하얀 무를 잘게 썰어 끓인 뒤 쌀을 몇줌만 넣어도 대여섯 식구의 한 끼는 거뜬히 해결되었다. 그런데 이상하게도 지죽은 맛이 있었다. 먹다 남아 살강(찬장)에 둔 식은 죽은 거의 밥에 가까웠지

만 그냥 간장만 치고 비벼 먹어도 맛이 있었다. 어머니는 지금
도 이따금 "야, 우리 지죽 한번 끓여 묵자" 하시며 지죽을 끓이
지만 이제는 별로 맛이 나지 않았다.

내가 초등학교, 중학교 때만 해도 겨울철엔 밥 대신 고구마
로 거의 점심을 때웠다. 겨울방학이 되면 나도 다른 아이들처
럼 아침 일찍 지게를 짊어지고 이 산 저 산에 나무를 하러 다녔
다. 마을이 훤히 내려다보이는 양지바른 곳에 나뭇짐을 받쳐놓
고 우리들은 동네를 향해 고함을 질렀다.

"배고파 밥 줘!"

그러면 산골짜기에서 메아리가 울려오곤 했다. 마을에서 삼
품앗이를 하다 우리의 고함소리를 들은 어머니들이 팔짱을 끼
고 부지런히 집으로 걷는 모습이 지금도 눈에 삼삼하다.

집에 나뭇짐을 부리고 방으로 가면 밥상 위엔 김이 무럭무럭
나는 고구마가 수북이 쌓여 있고 그 옆엔 대가리만 자른 벌건
가닥김치가 양푼 가득 담겨 있었다. 뜨끈뜨끈한 고구마와 가닥
김치는 허기진 배에 그만이었다. 고구마 한 번 먹고 가닥김치
한 가닥 씹어 먹고 싱건지 국물 한 번 마시고, 이렇게 서너 번
만 먹으면 배가 불러왔다. 그렇게 점심을 때우고 또 지게를 짊
어지고 가파른 산을 향했던 것이다.

"감자 먹고 똥싼 것처럼 생겼다"는 말이 있는데 무엇이든지
매끄럽고 말쑥한 것을 보면 모두 이 말을 했다. 나뭇짐을 아주
아담하고 예쁘게 잘 꾸리면 사람들은 "하따, 그 나뭇짐 꼭 감자
묵고 똥싼 것처럼 매끔허구만잉" 했고 또 오랜만에 말쑥하게 양
복을 입고 집을 나서는 사람을 보고도 그 말을 했다. 하다못해

머리만 깨끗이 빗고 나서도 사람들은 "감자 묵고 똥싼" 것 같다고 했다.

감자만 먹고 똥을 싸면 여간 매끈한 게 아니었다. 똥도 잘 나왔다. 그래서 산길에서 똥을 봐도 그것이 감자나 고구마를 먹고 싼 똥인지 아닌지를 사람들은 금방 알았다. 감자나 고구마가 그만큼 사람들의 주식을 대행하던 시절이었다.

이유식이 없던 시절, 젖을 뗀 어린아이에게는 비교적 먹기가 보드라운 감자를 쪄서 으깨어 떡을 만들어 먹였다. 보리밥을 먹고 방귀를 뀌면 밥티가 항문으로 톡 튀어나오던 시절, 고구마나 감자 으깬 것은 고급 이유식이었다.

고구마나 감자를 다 캐고 난 밭에서 '이삭'을 줍는 일은 매우 즐거웠다. 특히 여름철 하지감자를 캐고 모를 심기 전에 우리들은 괭이를 들고 감자 캐간 밭이나 논으로 가 샅샅이 뒤졌다. 어쩌다가 미처 캐가지 못한 감자를 발견하면 어찌 그리 옹골지고 기분이 터질 것 같던지. 또 감자 캐내고 논에 물 넣어 쟁기질할 때 쟁기 뒤를 따르며 줍던, 물에 씻긴 하얀 감자알을 보는 눈빛이라니……

여름철이면 나는 학교에 다녀와서 꼭 헛간에서 감자를 꺼내 확독에 넣고 문질러 껍질을 벗겼다. 아니면 닳은 숟가락으로 하나하나 껍질을 벗기기도 했다. 확독에 넣어 껍질을 벗길 때는 한참 문지르다 보면 이마에서 구슬 같은 땀이 흘러내리기도 했고, 숟가락으로 긁어 껍질을 벗길 때는 녹말이 온몸에 튀어 얼굴이 하얗게 되었다. 그렇게 긁거나 확독에 문질러 껍질을 벗긴 감자는 샛거리(새참)용으로 쓰이기도 하고 꽁보리밥에 넣

어 먹기도 했다. 감자나 고구마는 썩은 것까지 하나도 버릴 것
이 없었다. 썩거나 곯은 것들은 구정물통에 넣어 삭혀 개떡을
쪄 먹었다. 개떡은 시고 달콤했다.

　어머니는 밥을 잘 하시는 도사(?)였다. 동네에 밥을 많이 해
야 하는 큰일이 있을 때 밥 당번은 꼭 어머니 차지였다. 한여름
모내기철에 큰 솥에다 밥을 한다는 것은 여간 고역이 아니었
다. 무더운 날 부엌에서 불을 때서 밥을 한다는 것은 그야말로
땀으로 목욕을 하는 일이었다. 게다가 밥이 많아 물의 양을 잘
조절해야 할뿐더러 불을 어떻게 때느냐에 따라 그날 밥이 잘되
고 못 되고가 판가름난다. 그러니 불을 때는 데 혼신의 힘과 기
술이 필요했던 것이다. 불을 잘못 조절하면 밥이 끓고 넘는다
든가 금세 타버려 싼내(밥 탄 냄새)가 났다. 밥이 많이 타면
냄새가 아주 고약해 먹기가 어려워서 사람들의 밥맛을 망치게
되니 이는 대단한 사건(?)이었다. 그렇다고 그 아까운 밥을 버
릴 수도 없으니 밥짓는 일이야말로 하루 일 중에서 가장 큰일이
었던 것이다.
　밥을 많이 할 때 어머니께서는 밥이 끓어 넘으면 잽싸게 아궁
이 속의 잉걸불을 삽으로 긁어내서 솥뚜껑 위에 수북이 쌓곤 했
다. 그렇게 잉걸불을 쌓아두었다가 식어서 재가 되면 다시 쓸
어내리면서 살짝 밥을 잦혔다. 그러면 아주 고슬고슬한 밥이
소두방 모양으로 소복하게 솟아나곤 했다. 솥뚜껑을 열 때 그
하얀 쌀밥에서 나는 김과 냄새는 늘 배고픈 우리들에게 어지럼
증을 유발시켰다. 더구나 못밥일 때는 더했다. 그 고슬고슬한

밥을 소쿠리 가득 퍼담아 놓으면 김이 무럭무럭 피어올랐다. 그 밥을 지고 논으로 나르다 보면 등이 따뜻해지고 목이 말랐다. 먹지 않아도 배가 부른 것만 같은 등뒤의 김나는 따뜻한 밥은 생각만으로도 발걸음을 가뿐가뿐하게 했다.

어머니의 밥짓는 솜씨는 매우 훌륭했다. 아무리 큰 솥에 많은 양의 밥을 해도 늘 맛있었다. 밥솥에 불을 때고 나서 밥이 되었는가 싶어 솥을 열고는 하얗게 솟아오르는 김 속에서 밥풀을 입에 넣어보며 "되얏다" 하시던 그 상기된 얼굴을 나는 잊을 수가 없다. 그 뿌연 김 속의 환한 어머니의 얼굴과 소복하게 구멍이 송송 뚫린 봉곳한 밥을, 그 아름답고 기쁨에 넘친 모습을.

박과 바가지

    한여름 해가 지고 땅거미가 찾아들 무렵이면 마을은 어슴푸레한 어둠에 휩싸이고 풀잎들은 이슬을 단다. 촉촉한 어둠이 초가지붕을 덮으면 지붕 위 박덩굴에선 박꽃이 하얗게 피어나고 박나비가 찾아온다. 초가지붕과 박꽃, 그리고 덩그렇고 하얀 박덩이는 지금은 농촌을 상징하는 그림으로 무대에 장식된다. 첫서리가 내릴 무렵까지 박과 박꽃과 박덩굴은 초가지붕 위에서 농촌의 서정을 맘껏 자아낸다.

    첫서리가 내리고 박덩굴이 시들면 어머니는 낭자머리에 바늘을 꽂고 조심조심 초가지붕으로 올라가 박똥구멍에 바늘을 꽂아본다. 바늘이 쑥 들어가면 익지 않은 박이고 바늘이 받지 않으면 잘 익은 박이다.

    잘 익은 박은 타서 커다란 쇠죽솥에 넣고 푹푹 삶는다. 박이다 익으면 속을 긁어내 커다란 양푼에 담아 된장만 넣고 비벼서 먹는다. 온 식구가 배가 부르도록 먹는 것이다. 없고 배고프던 시절 박속은 식구들에게 아주 좋은 한끼 식사였다. 박속은 매우 보드랍고 맛이 있었다. 약간 비릿한 맛이 나기는 했지만 양껏 먹어도 큰 탈이 없었다.

박속을 다 긁어내 먹고 햇볕에 널어 말리면 그게 바가지가 되었다. 바가지는 한아름이 되는 것에서부터 장종지만한 것에 이르기까지 크기가 다양해서 집안 살림에 여러모로 긴요하게 쓰였다.

한아름쯤 되는 큰 것은 곡식을 담아놓는 데 쓰였다. 곡식을 퍼담을 때 쓰는 바가지를 '마른 바가지'라고 하고 물이나 장을 푸는 데 쓰는 바가지를 '젖은 바가지'라고 했다. 마른 바가지는 쌀바가지로 많이 쓰였다. 쌀바가지는 큰 쌀바가지와 작은 쌀바가지가 있는데 작은 쌀바가지는 되로 쓰였다. 됫박이 없던 시절에 바가지가 됫박 노릇을 했던 것이다. 실제로 공인된 동네 되와 곡식의 양이 똑같이 드는 됫박이 집집마다 다 있었다. 그 됫박(작은 쌀바가지)으로 큰 쌀바가지에다 쌀을 퍼담아 식구들의 한끼 양을 조절하기도 했다. 그리고 부엌에서 쌀을 씻고 이는 또다른 큰 바가지가 있었다.

바가지 중에서 가장 많이 쓰이는 것은 뭐니뭐니 해도 물바가지였다. 물바가지는 중간쯤 되는 크기의 바가지인데 동이에 물을 가득 퍼담고 바가지를 엎어놓아 물동이를 이고 올 때 물이 넘치는 것을 방지하는 역할을 하기도 했다. 가장 많이 쓰이던 이 물바가지로 숭늉을 퍼담기도 해서 바가지 중에서는 제일 쉽게 깨지거나 닳곤 했다. 어찌나 많이 쓰였던지 삽날처럼 닳은 바가지도 있었다.

이외에 똥을 푸는 바가지도 있었다.

집집이 바가지를 예쁘게 만들어 벽에 노랗게 걸어두어 장식을 하기도 했다. 벽에 크고 작은 바가지가 주르르 걸려 있는 집에 가면 좋고 풍요로워 보였다.

어머니는 다른 집보다 박농사를 아주 잘 지었다. 박농사가 잘되는 집이 따로 있다고들 했다. 어떤 집엔 해마다 박농사를 짓지만 좀체로 익지 않아서 바가지를 만들지 못한 집도 있었다. 그런 집에 어머니는 꼭 바가지를 몇개씩 나눠주곤 했다.

박은 씨를 심어서 가꿀 때도 있지만 우연히 난 싹을 키울 때가 더 많다. 아무렇게나 가꾸어도 우리 집은 박농사가 잘되었다. 그렇지만 바가지는 늘 꿰맨 것을 썼다. 꿰맬 수 없을 정도로 여러 조각으로 깨진 것은 몰라도 금이 가거나 조금 깨지더라도 어머니는 송곳으로 뚫어 바가지를 꿰매 썼다. 그래야 복받는다고 하셨다. 절약정신이 몸에 배서일 것이다. 이것은 내게는 아끼는 것 이상의 아름다운 모습이었다.

새 바가지를 걸어두고도 기운 바가지를 쓴다는 것은 어찌 보면 여유스러움이었다. 금가고 깨진 바가지를 꿰매는 어머니 등 뒤에는 늘 노랗고 튼튼한 새 바가지들이 걸려 있었다. 그것은 그림과도 같았다. 기운 바가지를 오래 쓰다 보면 너덜너덜 실밥이 터졌다. 그러면 또 기워서 썼다. 나중에는 노랗던 바가지가 짙은 밤색으로 변한다. 그것은 살림살이의 이력을 보여주는 어머니의 자랑감이었다.

해 저물면 초가지붕 위에 하얀 박꽃이 피어나고, 그 초가지붕이 옹기종기 모여 있는 마을 고샅길로 물동이를 이고 오던 어머니와 누님들. 달이라도 뜨면 박꽃은 더욱 하얬다. 물동이 위에 엎어진 물바가지에도 달빛이 떨어져 반짝였다. 높은 달과 달빛, 하얀 박꽃과 둥근 박덩이들은 가난한 살림살이의 그 무엇과도 바꿀 수 없는 축복된 자연의 풍경이었는지 모른다. 어쩌면 자연과 인간이 연출해낸 가장 아름다운 무대였는지도 모른다. 박꽃과 박덩이 그리고 깁고기운 쌀바가지, 물바가지가 사라지면서 우리들의 생활은 여유를 잃어버렸다. 깁고기운 바가지가 박살이 나서 사라져버린 뒤로 우리들은 우리들의 소박한 삶의 얼굴을 잃어버렸다.

쥐가 나를 쳐다봐요

내가 초등학교에 다닐 때나 선생을 할 때나 다 쥐잡는 날이 있었다. 초등학교 때는 쥐를 잡아서 꼬리를 잘라 학교로 가져가야 했다. 아이들마다 한달에 몇마리씩 할당량이 있었다. 그때는 참으로 쥐가 많고 크기도 했다. 쥐는 잡아도 잡아도 끝이 없었다. 우리들은 시궁창에서 죽은 쥐를 건져 꼬리를 잘라 말리곤 했다. 징그럽고 더러웠지만 안 가져가면 혼나니까 어떻게든 할당된 마릿수를 채워야 했다. 그렇다고 죽은 쥐가 많이 있을 리 없어서 아이들은 어쩌다 생긴 오징어 꼬리를 흙에 문대고 삶아 말렸다. 오징어 꼬리는 영락없이 쥐꼬리 같았다. 되게 하기 싫은 일 중 하나였다.

6·25가 끝나 피란생활에서 돌아와보니 진메마을은 모두 불타버리고 집터만 남아 있었다. 사람들은 산에 가서 나무를 베어

다 기둥을 하고 서까래를 해서 방 하나, 부엌 하나, 말 그대로 초가집을 지었다. 벽은 흙으로 발랐지만 천장까지 흙으로 얹을 수가 없어서 억새를 엮어 이었다. 어떤 집은 너무 엉성해서 누우면 하늘이 보일 정도였다. 그런 집 천장엔 이따금 구렁이가 슬슬 기어다니기도 했다. 구렁이란 놈은 달걀을 먹거나 쥐를 잡아먹기 때문에 집안에 늘 있었다. 구렁이든 쥐든 징그럽기는 마찬가지였다.

쥐들은 크기도 해서 참말로 강아지만한 쥐들이 집안 여기저기를 늘 찍찍거리고 다녔다. 지붕을 새로 이다가 보면 엄지손가락만한 빨간 새끼쥐들이 오물오물했다. 쥐들은 살강이고 쌀자루고 보릿자루고 논이고 밭이고 간에 어디에든 드나들어 농민들의 원수였다. 옥수수가 익을 무렵이면 옥수숫대를 타고 올라가 갉아먹었으며 벼가 익기 시작하면 벼 밑동을 갉아 쓰러뜨렸다. 땅속에 저장해놓은 밤구덩이를 파고 들어가 알밤을 갉아먹었으며 씨감자, 씨고구마, 무 구덩이까지 들어가 먹어치웠다. 광이고 창고고 작은방이고 큰방이고 부엌이고 쥐가 안 돌아다니는 곳이 없었다. 쥐들과의 전쟁은 늘 있었지만 번식력이 왕성하기로 이름난 쥐새끼들을 당해내지 못했던 것이다.

가을철이 되면 논밭에서 거둔 곡식들을 강변에 쌓아놓고 말리는데 그중에서 콩이나 팥이 가장 많았다. 콩은 동을 만들어서 말렸다. 그래서 콩동이라고 했다. 가리나무같이 차곡차곡 쌓아 둥그런 통나무처럼 만들었는데 그 콩동을 강변 바윗돌 위에 얹어 말리곤 했다. 그 콩동 밑엔 늘 쥐들이 들끓었다. 강변에 콩동이 다 없어진 다음 우리들은 그 콩동 밑 바위 속에 숨어 있는 쥐들을 소탕하는 대대적인 쥐잡기를 시작했다. 풀들이 말라 불을 붙이면 잘 탈 즈음이었다. 쥐들이 있을 법한 바위를 선택해서 바위 밑 구멍에다 연기를 피워 넣었다. 오소리굴에 연기를 피워 넣어 오소리를 잡듯이 쥐굴에 연기를 피워 넣으면 바위 밑에 있던 쥐들은 연기에 견디지 못하고 뛰쳐나와 도망갔다. 그때를 놓치지 않고 우리들은 쥐를 쫓아 밟아 죽이거나 나무막대기로 두들겨 잡았다. 불을 때고 연기를 피워 넣어도 쥐가 나오지 않으면 지렛대를 이용해 바위를 뒤집어버렸다. 그런 바위 밑엔 반드시 쥐집이 있었다. 겨울철 내내 강변 바위는 까맣게 그을리고 정월 대보름 쥐불놀이 전에 강변은 까맣게 불에 타버렸던 것이다. 그렇게 강변의 쥐를 다 잡아도 이듬해엔 어김없이 쥐들이 또 바위에 찾아들어 집을 지었다. 강물 속의 물고기들을 잡아도 잡아도 끝이 없는 것과 같았다.

집안에서도 쥐잡기는 늘 있었다. 쥐가 좋아하는 생선대가리에 양잿물을 뿌려놓으면 쥐가 먹고 죽었다. 쥐약도 있고 쥐덫도 있었다. 또 족제비가 쥐를 좋아해서 덫으로 족제비를 잡을 때 쥐가 미끼로 쓰이기도 했다. 우리들은 쥐가 뻔질나게 다니는 길에 가는 철사로 올가미를 놓기도 했지만 별 실효가 없었다. 자다가 떡 얻어 먹기요, 봉사 문고리 잡기였다. 어쩌다 커다란 구렁이가 쥐를 대가리부터 삼키는 것을 볼 수가 있는데 징그러웠다. 쥐의 몸이 서서히 사라지면서 뱀의 배가 툭 불거져 나오는 모습은, 그래서 나중에 쥐의 꼬리가 점점 뱀의 입속으로 사라지는 것을 생각하면 지금도 속이 뉘욱뉘욱한다.

지금 내가 자는 작은방에 볏가마를 쌓아두는데 어떻게든 쥐들이 들어왔다. 문구멍을 늘 막아도 쥐들은 밤이면 구멍을 뚫었다. 지금도 우리 집 문살에 쥐가 갉은 이빨 자국이 선명히 남아 있고 어떤 문살은 갉혀서 부러진 것도 있다. 아무튼 쥐새끼들이 밤이면 작은방에 들어가 나락을 까먹고 배가 부르면 무슨 장난을 하는지 온갖 지랄들을 하며 뽀스락대고 우당탕거렸다. 화딱지가 나는 일이었다. 그런 밤이면 나와 아버지 어머니는 쥐사냥을 했다. 아버지는 준비해둔 광목 쌀자루를 갖고 나가 쥐가 뚫고 들어간 문구멍에다 자루 주둥이를 댔다. 나는 재빨리 나무판자나 그릇으로 쥐구멍들을 막았다. 어머니는 재빨리 작은방으로 들어가 준비해온 나무막대기로 이 구석 저 구석을 들쑤셔 쥐들을 쫓았다. 후닥닥 이리저리 숨던 쥐들은 막대기에 쫓겨 문구멍으로 도망치다가 아버지가 대고 있는 자루로 쏙 들어가는 것이다. 아버지는 "옳다, 잡았다" 하며 자루를 불끈 쳐들었다가 땅바닥에 패대기를 쳐버린다. 이렇게 잡아도 잡아도 쥐들은 끝이 없었다.

어느 해였던가. 나는 그날도 아버지가 들에서 늦게 오셔서 내 방에 걸린 쇠죽솥에다 죽을 끓이고 있었다. 불을 피우자 집 여기저기 연기가 퍼졌다. 나는 하도 매워서 뚤방에 서서 연기를 피하며 생눈물을 닦고 있었다. 그런데 뚤방 한군데에서 연기가 퐁퐁 솟아나오고 있었다. 연기가 굴뚝으로 빠져나가지 않고 왜 그리로 샐까, 쥐새끼들이 뚫었나 싶어 구멍을 발로 막다가 뭔가 이상한 느낌이 들어 연기가 나오는 구멍을 들여다보았다. '핫, 요것들 봐라.' 아 글쎄 쥐새끼들이 눈을 반짝반짝 까맣게 빛내며 그 이쁜(?) 주둥이를 살짝 밖으로 내놓고 연기를 피하고 있는 게 아닌가. 그것도 한 마리가 아니라 '화이팅' 하기 직전의 운동선수들처럼 둥그렇게 빙 둘러서서 일제히 밖으로 코를 내밀고 있는 것이다. 그 작은 코를 벌름거리다 내가 쑥 쳐다보면 얼른 숨었다가 내가 고개를 돌리면 다시 일제히 동그랗게 모여 화이팅(?)을 외치곤 하는 것이 아닌가. 와, 요것들을 어떻게 죽여야 잘 죽였다고 신문에 날까. 나무막대를 손에 쥐고 구멍을 한참 들여다보다 쥐새끼들이 나오면 재빨리 구멍에다 사정없이 막대기 끝을 쑤시곤 했지만 허사였다. 요것들 봐라, 하. 그때 내 머릿속에 갑자기 전짓불이 확 켜졌다. 그래 바로 그거야. 나는 세숫대야에 물을 가득 담아 쇠죽솥에다 넣어두었다. 한참을 두었더니 쇠죽과 함께 물이 펄펄 끓었다. 대야를 꺼내들고 살금살금 쥐구멍을 향해 나아갔다. 두고봐라, 이 쥐새끼들. 내 잠을 깨우고 우리 집 고구마, 무, 감자, 벼, 콩, 강냉이를 축내고 살강으로 드나들고 문구멍을 뚫고 가마니를 뚫는 이 쥐새끼들. 나는 쥐구멍에다 대고 사정없이 펄펄 끓는 물을 부어버렸다. 그랬더니 물이 뚤방 밑 마당으로 쏟아져 나오면서 쥐새끼들이 함께 빠져나왔던 것이다.

요즘은 들고양이가 많고 쥐를 잡는 인간의 방법이 너무 다양해서 쥐가 그리 많지 않다.

지금 내가 자는 방 천장에 이따금씩 생쥐가 토다닥 다닌다. 다 커도 엄지손가락만한 생쥐는 잽싸고 약삭빠르고 눈치 빠르기 이를 데 없다. 사람이 나타난 기미만 보이면 잽싸게 숨었다가 움직임이 없으면 사람이 보는 앞에서도 그 작은 눈빛을 반짝거리며 슬슬 자기 일을 보려고 한다. 그러다 사람이 눈곱만큼이라도 움직일 기미가 보이면 잽싸게 제 구멍으로 쏙 들어가버린다. 그래서 약삭빠른 인간들더러 생쥐 같은 놈이라고 하는가 보다. 요즈음 생쥐를 닮은 인간들이 많아졌다. 어머니는 늘 부엌에 나 있는 생쥐 구멍을 밤송이로 막지만 별반 소용이 없기는 마찬가지였다.

오래 전 나와 함께 근무한 김숙주 선생이 있었다. 숙주나물처럼 생긴 그 여선생이 학교 밑 마을에서 자취를 했는데 그 방에도 생쥐가 들랑거렸던 모양이다. 하루는 여느 때와 똑같이 저녁밥을 먹고 추운 방에서 이불을 덮고 엎드려 책을 보려는데 윗목 구석으로 우연히 눈길이 갔더란다. 그런데 아, 거기 쥐가 구멍에서 막 나오려다 김숙주 선생을 쳐다보더란다. 어찌나 무섭던지 그냥 엉겁결에 몸서리를 치며 크게 고함을 지르자 큰방에 있던 식구들이 놀라서 신도 안 신고 뛰어왔더란다. 와보니 숙주나물 선생은 두 손으로 얼굴을 가리고 서 있더란다. "왜 그러시냐"고 두어 번을 물어봐서야 두 손에서 얼굴을 뗀 김선생은 "쥐가 나를 쳐다봐요" 하더란다. '쥐가 쳐다봐?' 큰방 식구들은 속으로 '별 선생도 다 있지, 쥐가 쳐다본다고 그렇게 악을 써' 했단다. 그뒤로 나는 김숙주 선생을 늘 놀려먹었다. "쥐가 쳐다봐." 나쁜 쥐 같으니라고 감히 사람을 쳐다보다니.

나는 쥐띠 해에 음력 팔월 열이튿날 태어났다. 시를 잘 맞추어 태어났다고 한다. 어머니는 그때 우리 동네에 시계가 하나도 없어서였는지, 내가 언제 태어났느냐고 사주쟁이가 물어보면 "저녁밥 묵고 한참 있다 어둑어둑할 때, 긍게 쥐들이 막 먹이를 찾아 헤매기 시작할 때"라고 말씀하신다. 들판 여기저기

먹을 것이 지천으로 널려 있던 시절이어서 먹을 복은 제대로 타고 태어났다고 한다. 그래서 어른이 된 요즘엔 밥이 없어 굶은 적은 한번도 없다.

어머니는 무슨 이야기만 나오면 시인 김수영(金洙暎) 어머니처럼 너는 객지로 나가야 출세를 한다고 늘 말씀하시곤 한다. 시골 쥐더러 도시 쥐가 되라는 말인데 나는 어머니 곁에서 시골 쥐로 사는 게 더 행복하고 좋다. 시궁창이나 하수도, 쓰레기장을 가지 않아도 땅속을 파고 땅 위에 흘린 곡식만 가지고도 행복한 것이다. 아직은 그래도 공기 좋고 물 좋은 곳에서 시골 쥐로 사는 게 좋다. 캄캄한 밤하늘엔 별, 아침이면 땅에서 피어나는 땅안개, 늘 보는 산, 몸과 마음을 비울 수 있는 무심한 걸음걸이가 있는 이곳이 나는 좋다.

많이 알고 많이 배운다는 것은 무엇인가. 그것은 생활과 생각과 행동을 단순화하는 것이라고 나는 믿는다. 침묵 속에서만 진실이 보이고 세상이 바로 보인다. 내가 정지해야 움직이는 것이 보인다. 저 자연 속에 내가 하나의 점처럼 있다. 침묵하는 법, 정지하는 법을 터득해가며.

그 집

내가 최초로 기억하는 우리 집은 초가 두 칸집이었다. 그 집은 6·25가 끝나 피난생활에서 돌아와 아버지께서 동네 사람들과 뚝딱뚝딱 지은 집이었다. 부엌 한 칸, 방 한 칸이었는데 지붕은 산에서 억새를 베어다 엉성하게 이었기 때문에 누워서 천장을 보면 풀잎이 송두리째 보였고 서까래와 풀잎 사이로 쥐들이 지나다녔다.

그 집에 구렁이란 놈이 살았는데 어찌나 크던지 어느해 부엌에서 민병대의 총으로 잡은 적이 있다. 들에서 어머니랑 돌아온 어느날, 내가 배가 고파서 살강에서 김치를 내려 한가닥 집어 고개를 쳐들고 크게 입을 벌려 김치 끝을 입속에 막 넣으려는데 부엌 천장에 허연 것이 꿈틀거리고 있었다. 나는 벌린 입을 닫지도 못하고, 크게 뜬 눈을 딴 데로 돌리지도 못한 채 그

대로 얼어버렸다. 참으로 대단한 흑구렁이었다. 요즈음 부르는
게 값이라는 먹구렁이였던 것이다. 그놈의 흰 배가 보였던 것
이다. 나는 슬슬 뒷걸음질을 쳐서 부엌을 빠져나와 돌아서서
뛰었다. 동네 보루대에 있는 아저씨를 찾아갔던 것이다. 그 아
저씨는 총을 가지고 달려와 "지독하게 크다, 그놈의 배암" 어쩌
고 하면서 총알을 한발 장전했다. 그리고 머리 부분을 조준해
딱쿵 총을 쏘았다. 지붕이 들썩하고 뱀이 꿈틀했다. 피가 한참
있다가 뚝 떨어졌다. 그래도 뱀은 떨어지지 않았다. 그 아저씨
는 또 한방을 장전해서 쏘았다. 한참 있더니 뱀이 스르르 몸을
풀고는 털버덕 부엌바닥에 떨어졌다. 나는 그 뱀을 강변으로
가져다가 끄실렀다. 그때는 뱀을 잡으면 모두 불을 놓아 지글
지글 다 탈 때까지 꼬실라버렸다. 그래야 뒤에 해코지를 하지
않는다고 했다. 그땐 뱀 천지였다. 달걀을 삼킨 누런 구렁이가
기둥을 친친 감고 힘을 써서 뱃속의 달걀을 깨뜨리는 것을 흔히
볼 수 있었다.

뱀이야길 하나 더 하자.

어느날 삼베옷을 뻣뻣하게 다려입은 농부가 저녁판이 되어
산으로 풀을 베러 갔단다. 풀갓이 좋은 데를 골라 막 지게를 벗
으려고 하는데 이상한 냉기가 확 끼치더란다. 깜짝 놀라 오싹
해진 그 농부는 그만 기겁을 하며 지게고 낫이고 다 내팽개치고
오던 길을 향해 들입다 뛰었단다. 뱀이 있었던 것이다. 뱀도
그냥 뱀이 아니라 '칠점사'라는 한번 물리면 천하없는 사람도
간다는 무서운 뱀 중의 뱀이었단다. 후닥닥 돌아서서 뛰는 순
간 뱀이 쉭 쫓아오는 기미가 있어 정신없이 지그재그로 뛰어

——뱀은 직선으로 쫓아오기 때문에 지그재그로 뛰어야 한다는 이야기를 우리는 늘 들었다——단숨에 집까지 왔더란다. '이제 살았다, 나는 살았어.' 한숨을 푹 놓고 마루에 턱 걸터앉아 고개를 숙여 바짓가랑이를 들여다본 이 농부는 그만 뒤로 벌렁 까무라치고 말았단다. 삼베 바짓가랑이에 그 칠점사가 달려 있었던 것이다. 나중에 다른 사람들이 와서 보니 그놈의 뱀이 바짓가랑이를 문 바람에 이빨이 삼베에 걸려 빠지지 않았던 것이다. 어찌나 정신없이 뛰었던지 바짓가랑이에 달려 있던 뱀은 발목을 치고 돌멩이에도 부딪치고 나무에도 부딪치는 바람에 죽어 걸려 있었던 것이다. 한번 물면 잘 빠지지 않게 낚싯바늘처럼 생긴 뱀 이빨이 삼베 올에 끼어버린 것이었다.

그 집은 방이 하나였기 때문에 아버지는 늘 동네 성만이양반네 사랑방에 가서 망태나 덕석 등을 만들며 지내셨다. 워낙 솜씨가 없으신지 아버지께서 만든 것은 볼품이 없었다.

어머니는 그 단칸방에서 베를 짜셨다. 우리들은 아랫목에 누워 어머니의 베짜는 소리를 들으며 잠에 들곤 했다.

식구가 늘어나 집이 좁아지자 초가 두 칸의 '그 집' 앞쪽에다 새로 집을 지었다. 방이 두 개였고 부엌은 까대기로 내달았다. 이 초가 두 칸집에 팔남이란 양반이 곁방을 살았는데, 그분은 발동기로 우리 동네 쌀방아도 찧고 보리방아도 찧어주고 삯을 가져갔다. 그 집에서 상당히 오래 살았다.

길가에 문이 하나 나 있는데 비가 많이 온 날이면 고샅으로 빗물이 콸콸 흘러가는 소리가 저녁 내내 났다. 아침에 일어나 보면 산에서 내려오는 맑은 물이 너무나 좋았다. 그 물에 걸레

해와 달과 별과 온갖 벌레들이 함께 살았던 그 집.

를 빨아 초석으로 된 방을 닦곤 했다.

그 집에 동네 처녀총각들이 많이도 놀러와서 온갖 서리를 다해다 먹었다. '남의 집 김치 내다먹기' '무 내다먹기' 등 서리란 서리는 다 하고 심지어 '고구마 캐다 삶아먹기' '옥수수 따다 쪄먹기'까지 했다. 누님들은 족집게로 이마의 잔머리를 뽑아 이마를 반듯하게 다듬었다. 누님들은 또 이마의 개털들을 식은 화로에서 재를 묻혀 뽑거나 바느질 실로 이상하게 만들어 뽑기도 했다. 그 집의 방 하나는 광으로 쓰였다. 쌀독, 감자 가마니들이 쌓여 있고 불이 잘 들지 않아 늘 냉기가 돌았다. 우리들은 거기서 성냥골 내기 민화투를 치면서 놀기도 했다.

나는 그 집에 살 때 겨울 새벽이면 늘 일찍 일어나 장작으로 군불을 때서 따뜻한 물을 데웠다. 불쏘시개를 밑에 깔고 그 위에 삭정이를 놓고 장작을 엇갈려 쌓은 다음 쏘시개에 불을 붙이면 어김없이 장작에 불이 붙었다. 장작이 타는 그 불빛이 나는 좋았다.

아버지는 집을 새로 짓기 위해 산에서 나무들을 베어 날랐다. 깊고 높은 산에서 나무를 베어 넘겨 옹이를 따고 낫으로 껍질을 벗겨 송진을 뺀 다음 풀로 덮어 그늘을 만들고 거기서 말렸다. 송진이 다 빠지면 아버지는 나무들을 져날라 다시 그 집에 헛간을 만들어 차곡차곡 쌓아 말렸다. 기둥감, 서까래감, 개보감, 상량감, 마루감 등 아버지는 얼마 동안 아니 몇년 동안 그렇게 집 지을 나무를 해날랐다.

드디어 목수가 왔다. 목수는 처음엔 대목과 소목이 있었는데 나중엔 순창에서 대목의 동생을 또 모셔왔다. 형제간인 두 대목은 투망 잘 던지는 큰아버지의 처남 되는 분들이었다. 두 분은 아침부터 해가 질 때까지 먹줄을 튕기고 여러가지 연장으로 자르고 구멍을 뚫고 깎아내어 나무를 다듬었다. 제일 어려운 것은 기둥을 둥그렇게 다듬는 일이었다. 자귀나 도끼로 깎고 다시 다른 연장으로 웬만큼 다듬고 마지막으로 대패로 매끄럽고 둥글게 다듬었다. 하얗게 벗겨진 대팻밥으로 불을 피우면 불빛이 파랬다. 그리고 거기서 나는 연기는 너무나 맑고 새파랬다. 날마다 마당엔 연기가 파랗게 치솟았고 모닥불이 이글거렸다.

기둥감이 하얗게 다듬어져 쌓였다. 어두운 밤에 밖에 나가다 보면 기둥나무들이 너무나 하얘서 깜짝깜짝 놀라기도 했다. 동네 사람들이 찾아와 술도 먹고 밥도 먹었다. 마당엔 사람들이 늘 끊이지 않고 모여들어 목수 연장으로 지게도, 쟁기도, 구유도 만들고 자투리 나무로 여러 살림도구들을 만들어 갔다. 그러면서 목수일을 도왔다. 기둥감도 들어다 쌓아주고 먹줄 튕기는 일도 도와주고 목수의 말동무도 되어주었다.

서까래, 기둥, 개보, 상량나무가 잘 다듬어져 쌓이자 동네 사람들이 모여 주춧돌 위에 기둥을 세웠다. 아, 신기했다. 사람들은 그 한 개의 기둥을 하얗게 받쳐 세워놓고 그 아래 둥글게 앉아 술을 들었다. 검은 산그늘에 수직으로 반듯이 선 하얀 기둥, 그 기둥은 지금도 희다 못해 푸르게 내 가슴에 서늘히 세워져 있다. 이제 이 기둥, 저 기둥이 세워지고 기둥과 기둥을 잇는 나무들이 맞추어졌다. 네모 반듯하게 집이 섰다. 그리고 집의 역사를 새긴 글을 써서 상량을 올리고 상량떡을 그 아래에서 먹었다. 네모가 반듯반듯하게 선 기둥나무 아래에서 동네 사람들이 너나없이 모여 떡과 술을 먹었다.

하얗게 떠오른 집의 뼈대, 나는 달밤에 혼자 나와 그 집을 쳐다보곤 했다. 우리 집, 그리고 그 집을 나는 내 가슴에 지금까지 그려두고 있다. 그것은 조용한 기쁨이었고 잔잔한 환희였다. 글로 말로는 다 표현할 수 없는 감동으로 지금도 내 손에 묻어날 것만 같다.

집의 뼈대가 다 구성되자 그 위에 서까래를 얹었다. 서까래만 얹은 집들을 당신들은 보셨는지, 그 집 아래에서 하늘을 보았는지, 그 집 아래를 걸어보았는지, 기둥을 한아름 안고 빙글빙글 돌아보았는지…… 나는 그랬다. 사람들이 모여들어 서까래 위에 장작을 얹어 엮고 그 위에 닥채(껍질을 벗겨낸 닥나무 가지)를 얽어 지붕을 막고 벽에 대나무나 수수대로 또 엮었다. 그리고 이튿날은 온동네 사람들이 다 모여들었다. 지게와 바작 짊어지고 괭이 들고 삼태기 들고 삽 메고 다 모여들었다. 어른들은 집 앞 텃논에 흙구덩이를 만들었다. 까만 논흙을 조금 파면 금세 황토가 나왔다. 그 흙을 파다가 마당에 부리고 작두로 짚을 한뼘씩 짧게 썰어 물을 붓고 이겼다. 마당에 흙이 가득했다. 흙을 밟아 이기는 장딴지에 푸른 핏줄이 꿈틀거렸다. 한쪽에선 흙을 이기고 물을 긷고 밥을 하고 장난을 하고 청년들은 지붕에 올라갔다. 사다리를 타고 앉은 사람은 배구공만한 흙덩이를 휙휙 던져 중계하며 꼭대기부터 차근차근 지붕을 덮어갔다.

"영차, 영차, 어기영차."

사람들은 온몸이 흙범벅이 되어갔다. 흙덩이를 사다리에 앉은 사람에게 던져주다 일부러 밑으로 떨어뜨리면 지나던 사람이 머리통에 맞아 흙을 뒤집어썼다. 사람들은 끊임없이 장난하고 욕하고 떠들고 웃고 하면서 손으로 흙일을 했다. 일은 리듬이, 가락이 되어 신바람을 몰고 왔다. 차츰차츰 하늘이 가리어지면서 방에 어둠이 드리워졌다. 그것은 방의 시작이었다. 그러면 긴 봄날의 하루해가 꼴딱 뒷산을 넘어갔다. 으스스 추워지기도 했다. 집안은 온통 흙범벅이었다. 사람들은 저녁밥을 먹고 연장들을 챙겨가지고 집으로 돌아갔다. 삯도 주지 않았다. 두레였고 품앗이였다. 동네 사람들이 다 돌아간 뒤 아버지와 나는(아 그때 나는 중학생이었다) 지붕에 흙이 덮인 이 방

저 방을 둘러보았다. 하늘이 가려진 방들을.

아버지는 틈만 나면 나래(이엉)를 엮으셨다. 아침에 일어나 보면 아버지는 벌써 나래를 길게 엮어 한아름이 더 넘게 똘똘 말아 세워두었고 달이 뜨면 밤늦도록 달빛 아래서 나래를 엮으셨던 것이다. 그렇게 엮어 쌓아둔 나래로 지붕을 이었다. 아, 노랗고 둥그스름한 초가지붕 집이 된 것이다. 그 다음에 벽을 바르고 방구들을 놓았다. 불이 지펴졌다. 굴뚝으로 연기가 퐁퐁 나가고 방에서 여기저기 연기가 샜다. 아 하얗게 말라가던 방바닥의 흙과 흙냄새. 광을 놓고 마루를 놓고 문을 달아야 했지만 그땐 그럴 형편이 못 됐던지 우린 그냥 마루도 문도 없이 방바닥에 덕석을 깔고 문은 가마니때기로 막은 채 이사를 들었다. 그후 아버지는 온갖 정성을 다하여 문을 사다 달고 마루도 놓았다.

초벽만 바른 그 집, 귀뚜라미가 와서 울고 벽틈으로 별들이 보이고 달빛이 하얗게 새어들었다. 세월이 자꾸 흘렀다. 아버지는 집에 심혈을 기울였다. 지붕도 두껍게 이고 처마끝도 낫으로 가지런히 베어 모양을 내었다. 세월이 가면서 그 집은 점점 완성되어갔다. 그 집에서 동생 다섯, 아버지, 어머니 우리 여덟 식구가 살았다.

첫 이사를 들던 날 밤 집은 완성되지 않았지만 밤을 새워 농악판을 벌였다. 그렇게 저렇게 이제는 다시 돌아올 수 없는 세월이 갔다. 동생들은 자라는 대로 그 그리운 집을 하나둘 떠났지만 나는 그 집에서 떠나지 않고 오래오래 살았다. 그 집엔 온갖 것들이 함께 살았다. 새와 별과 달과 해와 온갖 벌레들이,

구렁이와 소와 토끼가 살았다. 해가 가고 달이 가고 어느땐가 나는 그 집에서 시인이 되었다. 아버지는 새벽녘, 내가 잠들 때쯤 군불을 때어 푹 자도록 했다. "토도독 토다닥" 불꽃 튀는 소리를 들으며 나는 잠이 들었다. 그건 너무도 지극한 사랑이었다. 방을 덥혀주는 사랑의 온기였던 것이다.

10년 전인 1986년 아버지는 당신이 짓고 산 그 집 큰방에서 세상을 뜨셨다. 나는 아버지께서 숨을 거두시는 끝까지 그 방에 앉아 있었다. 그 집은 흙과 나무와 풀로 지어진 아주 작은 집이다. 오랜 세월이 가면 그 집은 다시 흙과 풀과 나무를 키우는 땅으로 돌아갈 것이다. 아버지처럼. 자기들이 살 집을 자기들이 손을 보고 손수 지어 가난하고 단출하고 수수하게 살았던 조상들의 삶의 자세는 위대하고 성스러웠다.

활장구 장단에 너울너울

　설날 아침이 되면 어른들은 아이들에게 꼭 이런 주의를 주었다.

　"오늘 하루는 모두 몸조심, 말조심들 혀야 헌다. 절대 말다툼이나 싸움을 허면 안되여. 오늘 쌈질을 허거나 다투면 일년 내내 재수가 없게 되니께, 알았제."

　아이들에게 꼬까옷을 입히며 몇번이고 다짐을 주곤 했다. 그만큼 정월 초하루의 하루 생활을 중요하게 여겼던 것이다.

　정월 초하루 차례를 지낸 아이들이 새옷을 입고 서리가 하얗게 깔린 논배미로 나가 오랜만에 사 입은 새옷들을 뽐내기 시작하면 뒷산 느티나무에선 꼭 까치들이 울었다. 지금이야 옷이나 양말이나 신들을 아무때나 샀지만 옛날엔 설에 옷 한벌 추석에 옷 한벌을 사면 그걸로 일년을 지냈다. 새옷과 새신과 새양말에 얽힌 집안 내력들은 각기 다르지만 추억들은 모두 같을 것이다. 모두 춥고 배고프던 지난 시절이었지만 그래도 명절다운 명절이었고 어버이가 자식들에게 베푸는 사랑과 애정이 뚝뚝 넘치던, 모자라서 안타까워하던 아름다운 시절이었다. 인간의 시대였다고 나는 생각한다. 그것은 40대 이상의 사람들만 가지고 있는 가슴 짜한 추억이다. 눈물과 웃음이 함께 번지는 추억, 이제 자라나는 아이들은 그 설레는 추억을 만들지 않는다.

정성껏 장만한 옷과 음식을 자식들에게 입히고 먹이는 부모들은 작년보다 훌쩍 큰 자식들을 보며 대견하고 뿌듯해하며 몸조심 말조심을 다독거렸다.

어머니들은 초사흘이 지나도록 문밖 출입을 삼가며 집안에서 지냈다. 세배 온 사람들에게 음식상을 차려주거나 장만해둔 음식을 식구들에게 골고루 나누어주었다. 그러다가 초사흘 아침이 되면 간단한 음식으로 사흘제를 지냈다. 초사흘은 사람들에게 매우 중요한 날이어서 보통 때도 제사 지내는 집이 많았는데 우리 집안도 꼬박꼬박 제사를 지냈다. 초사흘 제상은 어머니 머리모양처럼 아주 깔끔하고 정갈했다.

초사흘 제사를 지낸 어머니는 동백기름 바른 반질거리는 낭자머리를 단정히 빗고 치마저고리를 갈아입으셨다. 그리고 빳빳하게 다려둔 앞이 넓적한 무명 앞치마를 두르셨다. 그러고 나서 작은 상에 정성껏 음식을 차린 후 까치동 조각 상보로 상을 덮어 큰집으로 가져가셨다. 큰집엔 할머니가 계셨던 것이다. 단정히 빗은 머리에 깨끗하고 하얀 무명 앞치마를 입은 어머니가 음식을 가지고 큰집으로 종종걸음 치시는 모습은 참으로 산뜻해 보였다. 눈이라도 쌓인 설엔 그 모습이 더욱 이뻐 보였다. 하얀 눈길 위에 오랜만에 꺼내 입은 색동 치마저고리와 옷고름은 늘 새로웠다. 그렇게 옷차림을 한 어머니들이 이 고샅 저 고샅에서 종종걸음을 치는 모습은 정월 초사흘에만 볼 수 있는 아름다운 풍경이었다. 가난하지만 어른들을 생각하는 정초의 마음은 그 차림새만큼이나 그 걸음새만큼이나 밝고 고왔던 것이다. 그 모습들을 보면 세상이 다 살아났던 것이다.

음식은 꼭 친척끼리만 나누는 것이 아니었다. 동네에서 제일 나이가 많은 어른께 음식을 갖다 대접하고 세배를 드린 어머니들은 초사흘 밤부터 이 집 저 집을 돌며 음식을 나누어 먹고 깊은 밤까지 놀았다. 그때 등장하는 것이 활장구였다.

진메마을에는 장구가 한 채밖에 없었다. 징도 한 개 꽹과리 두 개, 이렇게 꼭 필요한 풍물만 가지고 있었다. 농기도 영기도 날라리도 대포수가 가져야 할 나무로 만든 총도 없었다. 잡색의 여러가지 복장도 없었다. 그때그때 상황에 맞게 잡색을 만들면 되었다. 각각 한 조씩밖에 없는 풍물들은 아무때나 내돌리지 않았다. 더구나 장구는 아주 중요하고 비싼 악기이기 때문에 아무때 아무에게나 내주지 않았다. 아무리 정월 노는 때이고 시어머니와 남편으로부터 허가받은 밤놀이지만 장구는 내주지 않았다. 그렇다고 오랜만에 허가받은 날들을 마냥 앉아서 이야기만으로 지낼 수 없었다. 노래도 부르고 춤도 추어야 했다. 남징네들이야 맨날 이 판 저 판에서 몸과 마음을 풀었지만 여자들이야 쌓인 피로를 푸는 때는 정월뿐이었던 것이다.

노래하고 춤을 추려면 악기가 필요했다. 그래서 궁여지책으로 만들어낸 것이 활장구였다. 활장구는 말 그대로 활로 만들어 치는 장구이다. 활은 대나무나 닥채로 만든다. 활줄은 아무 실이나 되는데 기왕이면 삼으로 꼰 것이 좋다. 팽팽하게 활을 만든 다음 부엌에서 쓰는 바가지 위에 활등을 대고 손가락 힘을 빼고 가벼운 마음으로 활줄을 위아래로 가볍게 퉁기면 금방 당글당글 소리가 나온다. 노래나 춤가락 박자에 맞추어 퉁기면 훌륭한 악기가 되었다. 춤가락 장단을 칠 줄 아는 사람이 활장구를 치면 더욱 좋다. 바가지가 없으면 설 쇠려고 창호지를 깨끗하게 바른 문에 활등을 대고 퉁겨도 덩글덩글 당글당글 훌륭한 소리가 나온다. 아주 간단하면서도 흥겨운 가락이 되어 나오는 활장구 소리에 맞추어 덩실덩실 춤을 추는 어머니들의 그 밝은 얼굴과 춤을 나는 여러번 보았다. 방안 가득 앉고 선 어머니들의 모습과 윗목 쌀가마니나 선반에 얹혀진 호롱불의 너울거림은 크고 부드러운 춤사위를 만들어냈다.

어머니들은 때로 낮에도 어느 집에 모여 활장구 장단에 맞추어 노래를 부르고 춤을 추며 지냈다. 그러다 보면 설 음식들은 거의 바닥이 나고 설과 보름이 후딱 지나 일철이 코앞에 닥쳤던 것이다.

어머니의 젖

옛날엔 겨울만 되면 손과 발에 때가 많이 끼었다. 왜 그랬는지 모르겠다. 씻지 않아서만은 아닐 것이다. 흙을 많이 만지고 놀아서일까. 내 손만 그런 것도 아니었다. '못자리 거름헐래'라는 말이 있는데 때 낀 손이나 발을 보고 하는 말이었다. 봄이 되어 못자리하려고 논에 들어가면 새까맣게 끼어 있던 때가 벗겨져 못자리 거름이 된다는 이야기인데, 요즘 아이들은 겨울이 되어도 손이 트지 않고 뽀얗기만 하다. 목이나 가슴이나 배는 옷 때문에 안 보여서 모르지만 눈에 띄는 손의 때는 참으로 괴로웠고 게다가 살이 쩍쩍 갈라지면 쓰리기는 또 되게 쓰렸다.

학교에서 용의검사 하는 날이면 우리들은 바가지에 물을 가득 부어 끓는 쇠죽솥에다 넣어두었다. 물바가지에 몽근겨를 넣어 데우면 더 좋았다. 몽근겨가 팅팅 붙고 물이 따뜻해지면 바가지를 꺼내어 거기에 손을 한참 담가 때를 불렸다. 손톱으로 손등을 긁어서 때가 손톱 밑에 가득 찰 정도로 충분히 불렸다가 몽그라진 새끼나 볏집 똥구멍에서 빼낸 검불을 보드랍게 해서 그 물을 묻혀 손등을 문대면 때가 잘 벗겨졌다. 싹싹 문지르면 손도 보들보들해졌다. 때를 다 벗기고 나면 손이 하얗게 돼서 손을 보고 또 보곤 했다. 그러다 손에 물기가 마르고 나면 손은 엉망이었다. 손등에서 다 벗겨지지 않은 때가 마치 시인 안도 현이 잘 먹는 소천엽처럼 너슬너슬했다.

손이 터서 쓰리면 우리들은 어머니에게 갔다. 어머니는 꼭 젖을 짜서 발라주었다. 젖꼭지 가까이에 손바닥을 대면 어머니는 쪼르륵쪼르륵 짜주었다. 젖이 많을 때는 주사기에서 나올 때처럼 찍찍 나왔고 젖이 적을 때는 한 방울씩 똑똑 떨어져 손바닥에 고였다. 그 새하얀 젖을 손등에다 발랐다. 그러면 잠깐은 쓰렸지만 손은 금방 보드라워졌다. 어머니의 젖은 또 눈에 티가 들어갔을 때나 눈이 아플 때도 쓰였다. 우리들을 반듯이 뉘어놓고 어머니는 젖꼭지를 눈 가까이 들이대고 젖을 한방울 뚝 떨어뜨렸다. 그러면 우리는 얼른 눈을 끔벅끔벅해서 젖이 눈에 고루 퍼지게 했다. 그러면 눈도 역시 보드라워지곤 했다. 한겨울이나 이른봄 손등이 쩍쩍 갈라져 속살이 보이면 어머니는 늘 젖을 짜주었다. 이웃집 사촌누님들도 이따금씩 그렇게 어머니 젖을 크림 대신 쓰곤 했다.

요즘 어머니는 우리들이 보는 앞에서도 곧잘 웃옷을 벗곤 하신다. 여름철 뙤약볕 아래에서 일하다 집에 오면 땀으로 착 달라붙은 옷을 벗고 물을 끼얹으신다. 민세나 민해가 "할머니

젖, 할머니 젖" 하면 어머니는 "니 애비가 다 뜯어묵고 이만큼 남았다"고 하신다. 그럼 민해는 "다 뜯어묵어" 하며 웃는다. 그래도 민해는 시골에 오면 꼭 할머니 곁에서 잔다. 옛날 어머니가 살던 이야기라도 하시면 민해는 할머니의 작아진 젖을 만지며 킥킥 웃기도 하고 멀뚱히 쳐다보기도 한다.

민해나 민세는 엄마 젖을 먹고 자랐다. 젖뗀 후로 민세는 부끄러워 엄마 젖을 잘 만지지 않지만 민해는 우리 방에 와 꼭 가운데에 끼어 엄마 젖을 만지작거린다.

요즘 아이들은 손이 트지 않을뿐더러 설사 손이 트더라도 절대 어머니의 젖을 바르지 않을 것이고 또 눈이 아프더라도 안약 대신 쓰지 않을 것이다. 분유로 아이들을 키워서 젖이 나오지도 않겠지만 말이다.

때가 시커멓게 낀 손등이 갈라져 빨갛게 드러난 그 속살에 하얀 젖이 한두 방울 떨어져 쓰리던 지난날의 기억은 이제 전설처럼 돼버렸다.

각시바위

시집온 지 얼마 되지 않은 새색시가 우골 도랑으로 가재를 잡으러 갔다. 맑고 시원한 도랑물에 들어서서 돌멩이를 떠들 때마다 가재들이 흙탕물을 일으키면서 뒷걸음질을 쳤다. 새색시는 예쁘고 고운 손을 물 속에 집어넣고 가재를 잡았다. 자기도 모르게 차츰차츰 가재잡이에 몰두해 먼 도랑물의 중간쯤에 다다랐다. 조그만 웅덩이가 나타났다. 황토색 바위가 깊이 패인 속에 파란 물이 고여 있었다. 상당히 깊어 보였다. 그 웅덩이 바로 위의 큰바위 밑으로 갔다. 거기에는 작은 돌멩이들이 여러 개 놓여 있고 가재들이 밖에서 놀다 집 찾아가는지 흙탕물이 일었다. 새색시는 가슴이 뛰었다. 조심조심 다가가 한개 두개 돌을 떠들며 여러 마리의 큰 가재를 잡았다. 옹골졌다. 금세 가재 바구니가 그들먹해지는 느낌이었다. 가재 담은 소쿠리를 한번 추스르고 돌멩이 한개를 떠들었다. 납작한 바위여서 속엔 여러 마리의 가재가 있을 것 같아 가슴이 조마조마했다. 돌을 살며시 들어내자 흙탕물이 일며 가재들이 뒷걸음질로 도망갔다. 얼른얼른 가재를 잡아 바구니에 담았다. 거의 다 잡았다. 그때 큰 가재 한마리가 재빨리 커다란 바위틈을 향해 기어가는 것이었다. 새악시는 얼른 손을 뺐었지만 늦었다. 바위 밑에 깔린 작은 돌 사이로 가재는 재빨리 몸을 숨겼다. 아까웠다. 새악시는 바구니를 벗어놓고 옷을 걷어부치고 바위 밑으로 바짝 고개를 들이밀고 가재가 들어간 큰바위 밑 작은 돌멩이를 빼내려고 했다. 끄떡도 안했다. 새악시는 허리를 펴고 땀을 닦고 머리카락을 쓸어올린 다음 다시 바위 밑으로 허리를 굽혔다. 씩씩거리며 있는 힘을 다해 큰바위에 물린 작은 돌을 빼내려고 밑을 파냈다. 작은 돌 앞부분이 드러나자 큰 돌을 주워 탁탁 쳤다. 돌이 움직이는 듯했다. 힘을 얻은 새색시가 다시 힘껏 그 돌멩이를 옆으로 치자 움직였다. 그리고 돌멩이 밑에 살며시 손을 집어넣었다. 그때였다. 가재가 새악시의 손끝을 꼭 물었다. 얼른 손을 끄집어냈다. 손가락 끝에 선명하게 물린 자국이 보였다. 빨간하게 피가 모여 있었다. 손가락을 입에 집어넣고 쪽 빤 다음 다시 그 돌을 힘껏 쳤다. 비오듯 땀이 쏟아져 적삼이 다 젖었다. 눈으로 땀이 들어갔는지 쓰렸다. 그럴수록 색시는 오기와 함께 힘이 솟았다. 점점 돌이 빠져나왔다. 색시는 뛸 듯이 기뻤다. 돌이 조금 빠지는 듯하자 가재의 앞발이 보였다. 손을 다시 집어넣었지만 가재는 잡히지 않았다. 색시는 마지막 있는 힘을 다해 돌을 내리쳤다. 그때였다. 돌이 빠지면서 무엇인가, 꺼먼 그 무엇인가가 자신을 와락 덮치는 것 같았다. 고함을 지를 사이도 없이, 도망칠 사이도 없이 그녀는 그녀를 덥쳐오는 크고 검은 그 무엇인가를 막지 못했다. 그리고 끝이었다. 가재도 새악시도 보이지 않았다.

그때 그 근방에서 일하던 한 농부는 쿵 소리에 놀라 두리번거렸지만 골짜기엔 아무 이상이 없었다. 일을 다 마친 농부가 그 도랑으로 땀을 식히러 갔을 때 어쩐지 분위기가 이상해서 바위 가까이 가보니 그 모양이 변해 있었다. 농부는 고개를 갸웃거리며 두 개의 바위가 겹쳐 있는 곳까지 갔다. 그 아래에서 옷을 벗고 씻으려다가 문득 아, 그렇구나! 농부는 그때서야 아까 일할 때 쿵 하던 소리가 이 바위에서 났다는 걸 알게 되었다. 한 개의 큰바위 위에 늘 위태롭게 얹혀 있던 바위가 내려앉아 있었던 것이다. 농부는 참 별일이 다 있구나 싶어 바위 밑으로 가서 주위를 살폈다. 그때 떨어진 바위 밑에 옷고름 같은 것이 삐죽이 나와 물에 젖어 있는 것이 보였다. 예사롭지 않았다. 퍼뜩 정신이 들며 등골이 오싹했다. 바위 밑으로 가까이 가보았더니 가재 바구니가 엎어져 있었다. 얼른 가재 소쿠리를 뒤집어보았다. 농부는 그만 가재 소쿠리를 내동댕이치며 바위로 달라붙어 울부짖었다. 그 소쿠리는 자기 집 것이었으며, 그 옷고름의 주인은 바로 자기 아내였던 것이다. 우골 골짜기가 떠나가도록 고함을 지르며 바위에 힘을 썼지만 어쩔 수 없었다. 농부는 바위를 치며 후회를 했다. 진메마을로 새로 이사오거나 시집온 사람에게 꼭꼭 들려주도록 되어 있는 그 바위 이야기를 아내에게 해주지 않았던 것이다. 그 바위 밑에서 절대 가재를 잡으면 안된다는 말을. 애달픈 일이었다. 진메 사람들은 이 바위를 '각시바위'라 이름 지었다.

지금도 그 바위는 애달픈 전설을 간직한 채 우골 도랑에 있다. 그 바위 밑에 숱하게 많던 가재는 공해에 못 이겨 사라져버렸다. 이제 동네 사람들 누구도 그 바위 밑으로 가재를 잡으러 가지 않는다.

나뭇짐 위에 진달래꽃가지

  나무꾼에 얽힌 이야기는 '나무꾼과 선녀' '나무꾼과 포수' 등 많기도 하다. 그만큼 나무꾼이나 나무가 살림살이와 밀접한 관계가 있기 때문일 것이다. 아무리 가난한 집이라도 지난 시절엔 모두 나무를 쌓아두는 '나무청'이 있었다. "나무가 없을수록 장작을 때라"라든가 "양식 없다 부엉 나무 없다 부엉" 등의 옛말이나 옛 노래도 나무가 그만큼 중요해서였을 것이다.

  지금도 시골에 나무로 불을 때서 밥을 해먹는 사람이 있겠지만 거개의 집들은 이제 나무로 밥하고 국 끓이고 떡하는 일이 없어져버렸다.

  이제 진메마을에 나무해서 밥해 먹는 집은 한 집도 없다. 이제 집들이 다 부석짝(아궁이)이 없어져버리고 모두 입식 부엌에다 가스로 연료를 삼고 난방은 석유보일러로 하게 되었다.

옛날의 마루나 광방이 없어져버리고 느닷없이 썰렁한 알루미늄 창문이 자리를 잡았다. 이쁜 창호지 문은 사라지고 유리창이 달렸으며 눈이 왔는지 비가 오는지도 이제는 문을 열거나 문틈으로 볼 것 없이 커튼만 걷으면 되는 것이다. 방안에서 손가락으로 스위치만 살짝 돌리면 방바닥이 따뜻해질 줄 누가 알았겠는가. 지금은 손 안 대고도 일마든지 코를 풀 수 있는 세상이 된 것이다.

70년대까지 시골의 연료는 모두 나무였다. 산에 나무나 풀이 나무꾼에 의해 남아나지 못했다. 봄에서 가을까지 자란 나무나 풀은 겨울에 어김없이 땔감으로 베어져 아궁이로 들어갔다. 시커먼 아궁이가 저 앞산 뒷산 나무와 풀을 다 잡아먹고 입만 쩍 벌리고 있었던 것이다.

땔감의 종류는 많다. 겨울철이나 이른봄에 나무를 여유있게 해놓지 못한 집에서는 여름에 보릿대를 때는데 불꽃은 그리 싸지 않다. 겨울철에 짚을 때는 집도 있지만 진메마을에서는 극히 드문 일이고 아마 큰 들녘에서나 있는 일일 것이다.

왕겨도 땔감으로 사용했다. 대개 작은 풍로를 사용해 불을 땠는데 풍로의 바람구멍 위에 불쏘시개를 놓고 그 위에 왕겨를 수북이 쌓아놓고 불쏘시개에 불을 붙여 풍로를 서서히 돌려가면서 왕겨를 조금씩 뿌리면 된다. 왕겨로는 군불을 많이 땠다. 어느 해던가 우리 집에서 부엌 아궁이에 왕겨를 가득 넣고 풍로로 바람을 불어넣었는데도 불이 붙지 않아 있는 힘을 다해 풍로를 돌렸더니 갑자기 아궁이 속에서 불이 붙어 펑 소리가 나며 불길이 아궁이 밖으로 확 나오는 바람에 내 눈썹이랑 앞머리가 다 그슬린 기억이 난다.

땔감으로 제일 좋은 나무는 뭐니뭐니 해도 장작이다. 그중에도 소나무 장작이 으뜸인데 그 장작을 패서 마루 밑이나 헛간에 가지런히 쌓아두면 무척 풍요로워 보였다. 아버지는 욕심이 많아서 남 못지않게 장작을 많이 패서 보기 좋게 쌓아두고 아껴가면서 때곤 하셨다.

6·25 때 우리 동네는 한 집도 남지 않고 모두 타버렸다. 장작은 6·25가 끝나고 우리 동네에 산판이 시작되어 끝날 때까지 있었지만 산에 소나무들이 모두 베어지고 난 후에는 장작이 사라져버렸다.

장작이 사라지자 사람들은 다른 땔감을 찾았는데 그 중에서 제일 좋은 게 '싸잽이'였다. 싸잽이는 일년 동안 자란 잡목이나 풀을 싸잡아 베어 묶은 것인데 불 때기도 좋았고 잘 마르지 않아도 되었다. 싸잽이는 네 다발이 한 짐이었다. 그 다음으로 치는 것이 '풋나무'이다. 풋나무는 풀나무라고도 하는데 나무를 잘 하지 못하는 아낙네들이나 애기 지게를 지는 아이들의 몫이었다. 묶기도 쉽고 가볍기 때문에 일이 수월했던 것이다. 강변에서 이런 풋나무를 많이들 했다.

그 다음은 1, 2년생 정도의 잡목을 낫으로 베어서 네 다발씩 묶은 것이다. 이 나무는 청년 이상이 되어야 했다. 이 나무를 가장 솜씨있게 하는 분은 길홍이 당숙이었는데 사람들이 감자 먹고 똥싼 것처럼 매끈하다고 했다. 이 나무를 제일 헤싱헤싱하게 한 분은 얌쇠양반과 병재였다.

그 다음 아직 장작감이 못되는 '동대'라는 나무가 있다. 팔뚝

만한 크기의 나무를 2미터 정도의 길이로 잘라서 짊어졌다. 장작이라고 하기엔 너무 작고 싸잽이라고 하기엔 너무 컸다. 이 나무는 깊고 높은 산에 가야 있어서 아무나 할 수 없었다.

우리 동네에서 유명한 땔나무는 '닥채'였다. 닥채는 껍질을 벗겨낸 닥나무의 노란 가지였는데 이 나무야말로 가장 고급스러운 것이어서 닥무지(닥나무를 삶는 일)가 있는 날, 닥나무 껍질을 벗기려고 온 동네가 야단법석이었다. 김이 무럭무럭 나는 닥무지에서 닥나무를 꺼내면 서로 한 다발이라도 더 맡으려고 생난리였던 것이다. 거의 날마다 쌈이 났으며 악을 쓰고 의가 상하는 일도 많았다. 닥채는 떡을 하거나 여름에 못밥을 하거나 찰밥을 할 때 땔감으로 쓰였으며, 베를 짤 때 도투마리(실을 감는 기구)에 실을 감는 데도 쓰였고, 새집 지붕을 이는 데도 쓰였으며 집을 지을 때 흙 바르는 벽에 엮기도 했다. 불땀이 좋고 여러 곳에 쓰이니, 서로 한 다발이라도 더 차지하려고 싸움이 벌어지곤 했던 것이다. 껍질은 주인이 가져가고 닥채는 벗긴 사람의 몫이었다.

닥채다발을 묶어 바람이 세게 불어오는 북쪽에다 쪼르르 세워놓으면 방풍막도 되었다. 닥채다발은 내가 순창에서 중고등학교 다닐 때 유일한 땔감이었다. 봄철이 되면 아버지는 닥채다발을 우차 가득 싣고 순창까지 40리 자갈길을 오셨다. 이 닥채 서너 개만 가지면 밥 한끼를 거뜬히 해냈다. 여름엔 좋았는데 겨울철엔 방이 얼음장이었다. 아, 그 시꺼먼 양은솥단지, 눈보라 몰아치는 부엌, 썰렁한 방, 신 김치 단지. 나는 중고등학교 6년을 그렇게 그 닥채로 밥을 해먹었다.

닥나무 껍질을 벗긴 '닥채' 다발.

　나무 중에 가장 때기 좋은 것은 가리나무이다. 가리나무는 솔잎 떨어진 것인데, 소나무 밑에서 갈퀴로 긁었다. 불 때기도 좋고 불땀도 그만이었다. 하지만 이 솔가리는 구하기가 쉽지 않았다. 그때만 해도 소나무가 거의 없었기에 솔가리는 아주 귀해서 부잣집이나 읍내에서 주로 사용했다. 순창 사람들은 40 리 길을 걸어 갈재까지 이 나무를 하러 다녔다.

　또 밤나무잎을 긁어모아 때기도 했다. 밤나무잎은 금세 타버리는 게 단점이지만 그래도 땔나무가 귀한 곳에선 좋은 땔감이었다. 이 밤나무잎을 긁어 깍짓동을 만들어 지고 강을 건너던 아버지는 어느날 바람이 세게 불어 강물에 이 나뭇짐과 함께 쓰러진 적이 있었다. 바람 부는 날 사람들이 이 나뭇짐을 지고 징검다리로 강을 건너다 가만히 서 있는 모습들이 너무도 눈에 선

하다. 바람을 잘못 타서 나뭇짐과 함께 강물에 더러 빠지기도 했을 뿐 아니라 고추를 지고 오다 빠져서 강물에 벌겋게 고추가 떠가기도 했다.

밤나무잎을 부엌에다 갖다놓고 때다 불이 날 뻔한 적이 한두 번이 아니었다. 하루는 내가 늦게 학교에서 돌아와보니 부엌바닥이 축축하게 젖어 있었다. 사연인즉, 어머니가 군불을 때다가 바로 뒷집인 작은집으로 물을 길러 갔단다. 마침 작은어머니가 계셔서 물동이를 인 채 무슨 이야기를 하다 그만 깜빡 군불 때다 온 것을 잊어버리신 것이었다. 한참 후 물을 이고 와서 부엌에 가보니, '어머나떠머나' 아궁이의 불길이 차츰차츰 부엌바닥에 놓인 알밤나무잎으로 옮겨 붙고 나무 헛청까지 다가가 붙었더란다. 겁이 난 어머니는 엉겁결에 머리에 이고 있던 물동이의 물을 그냥 부엌에 부어버렸단다. 다행히 불이 그리 많이 붙지 않아 금방 꺼졌기에 망정이지. 지금도 그때 생각만 하면 가슴이 덜컹 내려앉는다고 하신다.

나무들이 산에서 다 동이 나자 사람들은 찔레나무나 꾸지나무 등 가시 달린 나무까지 해댔다. 가시가 달린 나무를 할 때는 왼손에 가죽으로 장갑을 만들어 끼었다. 축구공 찢어진 것이 아주 안성맞춤이었는데 나중에는 갈담 장에서 가죽으로 된 왼손 장갑 한짝만 팔기까지 했다. 그후 동네 사람들도 점점 도시로 떠나버리고 산에 사방(砂防)공사가 잘되어 나무가 커져 숲이 우거지게 되었다. 그리고 연탄을 때기 시작하고 석유 곤로가 들어오게 되면서 나무꾼이 사라져서 이제 '나무꾼과 선녀' 이야기는 그야말로 전설 중의 전설이 돼버린 것이다.

나무를 많이 해서 땔 때 제일 무서운 게 산림계 직원이었다. 산림계 직원은 세무서 직원과 함께 쌍벽을 이루며 농민들에게 공포의 대상이 되었다. 산림계 직원이 어느 집에 들어간들 나무로 불을 때는 농촌 사람들의 꼬투리가 안 잡히겠는가. 그러나 실제로 진메마을에서 산림계 직원에게 걸려 벌금 내거나 밀주 해먹다 들켜 벌금 낸 적은 없었다. 세무서 직원이나 산림계 직원이 오면 이장네 집에서 닭 삶는 냄새가 진동했다. 씨암탉 잡아 말 그대로 '푹 삶으면' 다 해결되었다.

나무 중에서 제일 하기 쉬운 게 바작나무(바작에다 하는 나무)였다. 용식이, 나, 복두, 용조형은 유난히 이 나무 하기를 좋아했다. 방학이 되면 공부고 뭐고 다 뒷전이고 날 좋으면 무조건 지게에다 바작 얹고 도끼 짊어지고 산이나 가까운 밭가로 나무를 하러 갔다. 용식이나 나는 싸잽이를 하기가 힘들었다. 나무를 해서 다발 묶기도 여간 힘든 게 아니었고 또 짊어지기도 힘이 들었다. 상당히 이력이 붙어야 나무다발을 솜씨 있게 묶어 허물어지지 않게 짊어질 수 있었다.

바작나무는 오래 전에 베어간 나무 밑동(등걸)을 도끼로 패서 하는 나무였다. 베어간 지 오래 된 나무 밑동을 도끼로 패면 뭉텅뭉텅 장작처럼 떨어졌다. 이 등걸을 바작 가득 담아다가 마루 밑에 쌓는 재미가 여간 아니었다. 마루 밑에 가득 쌓아두고 쇠죽 끓이거나 군불 땔 때 사용했다.

이제 나무꾼도 사라졌다. 우리 동네 나무를 하는 집은 지금 태환이형네뿐이다. 그 집 굴뚝에선 지금도 밥할 때 연기가 난다. 쇠죽을 끓일 땐 다른 집들도 물론 나무를 땐다.

점심 때가 되면 구불구불 실낱같은 산길을 줄줄이 내려오던 긴 행렬의 나무꾼들. 징검다리에 모여 웃통을 벗어부치고 땀을 씻던 그 건장한 청년들의 어깨 위의 짚 자국. 그리고 엎드려 벌컥벌컥 들이켜던 그 달디단 강물은 이제 없다.

　봄철이면 진달래꽃가지를 꺾어 나뭇짐에 꽂고 산길을 줄줄이 내려오던 나무꾼은 사라졌지만, 그래도 봄산엔 소쩍새 울고 진달래 핀다. 아이들 키보다 작은 다복솔 위로 폴짝폴짝 뛰어 도망가던 토끼나 겅중겅중 뛰어 달아나던 노루는 이제 보이지 않는다. 아침이 되어도 저녁이 되어도 연기가 오르지 않는 적막한 저물녘 마을을 보면 서럽다. 나뭇짐 부리고 부엌에 달려가 바가지에 떠마시던 찬물이 생각난다. 쇠죽솥 아궁이 가득 벌겋게 장작불이 타고 솥에서 무럭무럭 김이 나고 아이들이 그 아궁이에 고구마를 구워 먹었지. 그 아궁이들이 꽉꽉 막히고 사라지고, 집 어디선가는 펑 하고 석유보일러 돌아가는 소리가 들리고 퍼런 불이 나오는 가스레인지에서 밥이 끓어 치치치 김을 뿜는다. 세상이 엄청나게 변해버린 것이다.

　어제의 일만 같은 저 추억의 진달래꽃가지 짊어진 나무꾼들이 줄줄이 내 가슴에 달려오는데. 더운 김을 푹푹 뿜으며, 김 나는 어깨를 자랑하며.

제 2 부

이제는 사라진 길들에 대한 추억

　나는 중학을 순창으로 다녔다. 우리 집에서는 임실읍에 있는 중학교보다 순창읍에 있는 중학교가 훨씬 가까웠고, 또 사촌 형들이 순창에서 학교를 다녔기 때문에 자연스럽게 순창으로 중학교를 가게 되었다.
　집에서 중학교까지는 상당히 멀어서 우리들은 순창에서 자취를 했다. 토요일이면 빈 쌀자루와 김치단지를 가지고 와서 일요일 오후에 일주일 동안 먹을 쌀과 김치를 가져갔다. 어떨 때는 차비가 없어 순창에서 김치단지를 들고 걸어오기도 했다. 4교시가 끝나고 집에까지 걸어오면 해가 꼴딱 넘어가곤 했다. 먼 자갈길이었다. 한번은 겨울에 걸어오다가, 순창을 나설 때는 멀쩡하던 날씨가 임실로 오는 갈재를 넘으니 눈이 엄청 쏟아져 하마터면 눈에 파묻혀 죽을 뻔한 적이 있다. 마침 지나가던 친척 어른이 허기진 배를 움켜쥐고 쭈그려 앉은 나를 보고는 기겁을 해서 내 뺨을 때려 보내준 적도 있었다.

순창에서 집으로 오는 길은 외길이었지만 순창과 임실 경계인 갈재를 넘으면 산으로 가는 지름길이 있었다. 지름길인 그 가파른 산길로 큰 재를 넘어가다 보면 공동산이라는 공동묘지가 나오는데 6·25 때 죽은 이름없는 빨치산들을 묻어둔 응달진 솔밭이었다. 비라도 부슬부슬 내리면 생각만 해도 몸이 오싹거리는 곳이었다. 또 그 재를 넘으면 큰 소나무 한그루가 서 있는데, 어떤 여자가 흰옷을 입고 그 소나무에 목매달아 죽었다는 이야기가 있어 그 지름길은 너무 무서웠다. 그래도 우리들이 순창에서 걸어올 때는 그 길을 이용했다.

어느날 나는 여느 때처럼 일요일 늦게 집을 나섰다. 물론 쌀과 김치단지를 어깨에 메고 말이다. 그날은 벼베기를 했기 때문에 다른 날보다 조금 더 늦어졌다. 나는 순창 가는 버스를 탔다. 김치단지를 가지고 차를 타면 김치냄새가 솔솔 나거나 김칫국물이 새어나와 늘 조마조마하고 차에서 내릴 때까지 조금도 맘이 놓이질 않았다. 김치단지가 넘어져서 깨어지는 경우도 있었다.

그날은 광주 직행이었다. 여차장이 갈재에 다다라서야 차비를 받았다. 어머니께서 순창에 갈 차비만 주었는데 완행이 아니고 직행이어서 차비가 조금 모자랐던 것이다. 저녁 일곱시 차였다. 나는 차비가 모자란다고 했더니 그냥 내리라고 했다. 나는 뜨거운 낯을 주체하지 못하다가 김치단지와 쌀자루를 가지고 갈재에서 내렸다. 완행으로 다음 차를 타겠다는 생각이었

중학교 때 걸어 다니던 순창 가는 4십리 길.

다. 그러나 한참을 기다려도 차는 오지 않았다. 날은 어둑어둑
해지고 있었다. 갈재에서 훤히 터진 순창 쪽을 바라보니 저 멀
리 마을에서 불빛들이 하나둘 살아나고 있었다. 어둑어둑 서서
차를 기다리니 갈재마을에 사는 어떤 분이 지나가며 이제 차가
없다고 했다. 그 차가 막차였던 것이다. 나는 너무 난감했다.
집으로 걸어갈까도 생각했지만 십리가 넘는 길인데다 그 길이
너무 무서웠다. 이대로 집에 들어가면 어머니께서 결코 반기지
않으리라는 생각도 들었다. 나는 김치단지를 단단히 단도리하
고 쌀자루를 야무지게 어깨에 들쳐메었다. 순창까지 걷기로 작
심을 했던 것이다.
　순창까지의 길은 훤히 보였다. 순창 읍내의 불빛이 가물가물
보였고 길가에 마을의 불빛들이 점점이 박혀 있었다. 그래, 저

불빛을 위안 삼아 무서움을 떨치고 걷자며 나는 순창읍을 향했다. 삼십리 밤길이었다. 굽이굽이 신작로길은 뽀얗게 내 앞에 놓여 있었다.

나는 갈재 아랫마을인 탑리 마을의 불빛을 보며 한발 한발 걸었다. 어둠이 물러가고 자꾸 길이 나타났다. 얼마만큼 캄캄한 길을 가니 외양마을이었다. 외양을 지나면 쌍암리가 나오고, 쌍암리 조금 지나면 팔학동이 나왔다. 팔학동을 지나면 인계면 소재지고, 인계면 소재지를 지나면 복실리가 나오고, 복실리를 지나면 새터가 나오고 그리고 읍내였다. 십리쯤 걸어가니 자신이 생기면서 땀이 나고 발걸음이 힘차졌다. 발을 뗄 때마다 자갈들이 발길에 챘고 자갈을 잘못 밟아 몸이 기우뚱거리기도 했다. 아무 생각 없이 걷다 보면 타박타박 하는 발소리와 돌자갈 부딪치는 소리만 들렸다. 그렇구나, 이렇게 캄캄한 밤 먼 길을 이렇게 불빛들을 위안 삼아 어디든 갈 수도 있구나. 나는 참 많은 생각들을 하며 걸었다. 차장이 밉기도 했다. 지금도 나는 그 마을들의 불빛과 자갈소리와 밤하늘의 별빛들을 잊을 수 없다.

순창 자취집에는 열시에 도착했다. 세시간쯤 걸린 것이다. 집에 다 가서 내가 걸어온 길을 뒤돌아 보았다. 희미한 길이 이어지다가 어디에선가 슬머시 사라지고 어둠뿐이었다. 캄캄한 어둠이 저쪽에 있었다.

나는 이따금 내가 자취하던 마을 뒷동산에 올라가 그 길을 보곤 했다. 순창읍에서 갈재까지의 길이 굽이굽이 하얗게 보였다. 눈에 보이는데도 먼 길이었다.

나는 초등학교를 졸업할 때까지 우리 동네 이외엔 순창군 구림면 율북리와 우리 동네 이웃인 강진면밖에 가보지 못했다. 초등학교를 졸업하고 순창으로 중학교 시험을 보러 갔을 때 읍 이상 지역을 처음 가본 것이다.

외갓집 가는 길은 우리 마을 뒷산을 넘고 또 하나의 산을 넘어야 했다. 어머니께서는 꼭 떡을 해서 이고 가셨다. 동생을 업고 내 손을 잡고 이십여리 길을 걸었다.

초등학교 때 몇번 갈담장에 걸어갔다. 먼 길이었다. 늘 갈담 아이들이 무서웠다. 그리고 그 이상 다른 곳은 가보지 못했다.

학교 가는 길은 강변길과 이웃 마을을 지나 낮은 시멘트 다리를 건너 가는 길, 이웃 마을 중간쯤에서 들길을 지나 징검다리를 건너는 세 개의 길이 있었다.

우리들은 주로 강변길을 이용했다. 강변길로 다니는 것은 늘 재미있었다. 우리는 강변길을 가다가 작고 이쁜 솔밭에서 토끼몰이도 하고 산딸기도 따먹고 아그배나무, 포리똥나무(보리수) 열매들을 따먹었다. 작은 솔밭 밑에는 가랑나무와 작은 바위들이 많았다. 바위틈엔 철쭉꽃과 산도라지꽃이 많이 피었다. 솔밭이 끝나면 커다란 호수가 나온다. 호수에는 늘 부들풀이 크게 자라고 군데군데 낚시터가 있었다. 그 호수엔 조개가 많았고 용 못된 이무기의 전설이 있었다. 호숫가 풀숲에는 늘 가물치가 물살을 일으키며 뛰놀았고 봄이면 자라가 호숫가 모래밭으로 알을 낳으러 왔다가 엉금엉금 기어 호수에 툼벙 빠지곤 했다. 봄에서 가을까지 수염 허연 할아버지가 부들로 초막을 짓고 낚시를 하며 살았으며 호수 앞쪽에는 유방을 닮은 작은 산이 있다. 그 산에 진달래가 피고 꿩이 날아갔으며 산토끼가 숨었다. 대추벌이라는 말벌집이 축구공만하게 산꼭대기 바위틈에 달려 있어서 우린 늘 그 말벌집에 돌멩이를 던졌지만 잘 맞지 않았다.

겨울에 이 호수가 얼면 우리들은 어른들의 말을 무시하고 이 얼음에서 놀았다. 살얼음 위에 돌멩이를 던졌을 때 돌멩이가 얼음 위를 굴러가면서 내는 그 맑고 고운 소리를 우리는 듣기 좋아했었다. 얼음이 두껍게 얼면 머리통만한 돌로 얼음을 깨고 그 두께를 확인해보기도 했는데 큰 돌멩이를 던지면 쩡저렁 하고 앞산이 울리곤 했다. 얼음이 얼고 눈이 하얗게 쌓여 있을 때 돌을 던지면 돌 굴러간 자국이 토끼 발자국처럼 선명히 박혔다.

우린 하교길에 작은 웅덩이를 품어 가물치, 붕어, 조개 등을 잡기도 했다. 그 호숫가는 모래가 많고 모래밭엔 아그배나무나 보리수나무가 많았는데 큰물이 지고 난 후 그 나무 밑엔 두름두름 엮어진 총알들이 걸려 있곤 했다.

여름철이면 호수 깊은 곳에서 솟아올라온 개연꽃이 노랗게 피어 호수에 어리곤 했다. 호숫가를 지나는 길엔 늘 풀이 우북하게 자라 있었는데 달맞이꽃, 개망초꽃이 많이도 피어났다. 길섶에 나 있는 수크령이란 질긴 풀을 묶어놓으면 발이 걸려 넘어지기도 했고, 삽을 가지고 학교에 간 날은 길목에 꼭 구덩이를 파고 은폐시켜 놓아 아이들이 멋모르고 지나다가 푹 빠져 넘어지게 하는 장난을 치기도 했다. 호숫가에는 또 삐비가 많아서 그 꽃이 하얗게 바람에 나부꼈고, 가을철이면 메추리가 발밑에서 푸드득 날아 우리들을 화들짝 놀래키곤 했다. 호숫가 얕은 곳엔 뜸부기가 살았다. 호숫가의 작은 산은 그 주위에 사는 작은 새들의 집이고 피난처였다. 그 산 아래엔 조팝나무꽃과 철쭉꽃이 피고 졌다.

호수를 지나면 시냇가가 나왔다. 그 시내에도 징검다리가 놓여 있었다. 징검돌이 상당히 여러 개 놓여 있었는데 큰물이 지고 나면 꼭 이빠진 것처럼 드문드문 돌들이 떠내려가곤 했다. 물이 불면 아이들은 위쪽에 있는 또다른 징검다리를 이용했고 거기도 넘으면 시멘트다리로 건넜다. 겨울철에 물이 튀어올라 징검돌에 얼음이 얼어 있으면 모래를 뿌리고 엉금엉금 기어갔다. 여름철 물이 불면 동생을 업고 건너다가 징검다리 중간쯤에서 신발을 떨어뜨려 엉엉 울기도 했다.

강변길은 이따금씩 동네 어른들이 공동으로 풀을 베어 학교길에 우리들의 신이나 바짓가랑이가 이슬에 젖지 않도록 해주었다.

징검다리가 넘을 만큼 비가 많이 오면 우린 미리 짐작하고 이웃마을 앞을 지나 중주원마을을 지나 시멘트다리를 건너서 학교에 갔다. 어찌된 영문인지 이 다리는 활등을 땅에 대놓은 것처럼 안으로 굽어 있었다. 그래서 비가 많이 오면 이 다리가 넘어 차도 사람도 오도가도 못하였다. 순창과 전주를 잇는 이 다리를 놓은 사람은 감옥에 갔다고 했다. 차가 비탈진 다리를 지나다가 아래로 떨어져 사람이 죽을 때도 있었다고 한다. 사고가 날 때마다 사람들은 그 다리를 놓은 놈을 감옥에 오래오래

가둬둬야 한다고들 했다. 우리들은 사고가 난 현장을 여러번 보았다.

비가 많이 내린 어느날 아침이었다. 우리들은 그날도 그놈의 다리가 빗물에 넘쳐 우리들이 학교에 가는 것을 방해하기를 빌면서 집을 나섰다. 느티나무를 지나 이웃마을을 지나 들길을 지나 신작로를 걸어 한참을 가니 물소리가 크게 들리고 일중리 앞산엔 평소에 보이지 않던 큰 폭포가 생겨 하얗게 떨어지고 있었다. 그러면 그렇지. 우리들은 쾌재를 부르며 다리에 다다랐다. 원하고 빌고 빈 대로 다리는 넘쳐 있었다. 우리들이 옷을 걷어붙이고 조심조심 건널 수 있을 정도가 아니라 다리가 전혀 보이지 않을 정도로 물은 엄청나게 불어 있었다. 우리들은 학교에 가지 못한 기쁨을 감추지 않았고 때론 학교에 못 가 매우 아쉽다는 표정도 지으며 강가에 서서 놀고 있었다. 그때였다. 강 저쪽에 직행버스 한대가 와 멎더니 일중리 사람들이 손수 만든 한지(韓紙) 뭉치를 차에 싣고 있었다. 그날이 순창 장날이었던 것이다. 차가 다리 입구까지 와서 멈추더니 운전사도 여차장도 내리고 승객들도 내려 강가에 서서 무슨 말들을 열심히 주고받는 것이었다. 강물 속의 다리를 가리키며 가야 한다느니 못 간다느니 하고 있는 모양이었다. 우리들은 집에 돌아갈 생각도 않고 매우 흥미진진한 경기를 기다리는 마음으로 그쪽을 바라보고 있었다. 우리들은 마음속에서부터 저 차가 물을 건너오기를 기다렸다. 오다가 어떻게 되든 말든지.

꽤 시간이 지난 뒤 드디어 강 저쪽 사람들이 버스에 오르기 시작했다. 우린 긴장되기 시작했다. 저 차가 물을 건너올 것인

가. 사실 그동안 물도 좀 줄어들어 다리가 희미하게 보였다. 차가 서서히 다리로 들어섰다. 바퀴가 넘을 정도였다. 어? 어? 우린 아연 긴장했다. 차가 다리 오른쪽으로 굴러왔다. 난 간도 없고 어찌나 좁은지 차가 지나가면 사람은 다리 가에 서 있지 못할 정도였다. 그러니까 조금만 핸들을 잘못 틀었다가는 다리 밑으로 빠지고 마는데, 이 운전사는 어찌된 영문인지 자꾸 핸들을 강 아래쪽으로 틀고 있었다. 우린 겁이 났다. 우린 고함을 지르며 "위로, 위로, 강 위쪽으로" 손짓들을 했다. 안 돼! 안돼! 차가 다리 아래로 비스듬히 빠지더니 순식간에 모로 눕고 말았다. 아, 우린 발을 구르며 아우성을 쳤다.

코가 툭 튀어나온 코빵빵이 버스가 다리를 건너 올라가다가 힘이 부쳐 부릉부릉거리다 시동이 꺼지면 조수가 재빨리 뛰쳐나와 뒷바퀴에 큰 돌을 받치던 시절, 그 허술한 다리를 건너 우린 학교엘 갔다. 비가 오면 생각나는 그 다리.

학교 가는 또 하나의 길은 이웃 마을 중간쯤 가다가 봇도랑을 따라 들을 질러 징검다리를 건너는 길이 있었다. 자주 이용하지 않는 길이었다. 봄보리가 우리 키만큼 파랗게 자라 익으면 우리들은 모가지를 따서 손바닥으로 비벼 먹었다. 벼가 파랗게 자라서 누렇게 익으면 우리들은 길을 가며 벼알을 따 입으로 까먹었다. 보리가 익을 때나 벼가 익을 때 늘 선생님께 꾸지람과 주의를 들었고 때론 호되게 기합을 받기도 했다. 그리고 내가 선생이 되어 또 그렇게 아이들을 호되게 혼내거나 기합을 주기도 했던 길이었다. 작은 봇도랑물이 졸졸졸 흘러 논으로 들어가고, 물꼬에서 쫄쫄쫄 물이 떨어지던 길이었다. 안개 속에 사람들이 모내기를 하고 못밥을 먹던 길, 자운영꽃이 논두렁에 붉게 피고 작은 봇도랑물을 따라 붕어새끼들이 올라오던 길이었다. 해질녘에 아름답던 여름의 그 작은 들과 가을 황금 들판, 겨울철 눈 위로 파랗게 솟아 있는 보릿잎들. 나는 이 길에서 시를 생각했다. 맵고 추운 겨울날 볏짚가리에서 눈보라를 피했던 길이었다.

그리고 또 하나의 길. 징검다리와 시멘트다리 중간의 물레방앗간 앞으로 나 있는 길, 그 길도 징검다리였다. 그 징검다리를 건너면 아주 맑은 옹달샘이 있었다. 들에서 일하는 사람들의 목마름을 적셔주는 샘이었다. 그 샘을 지나면 작은 도랑이 들 가운데로 흘렀는데 사람들은 그 물가에 집을 짓고 한지를 만들었다.

내가 어렸을 때부터 다니던 강변길은 이제 많이 변했다. 나는 강변길에 앉아 시 한 편을 썼는데 그게 「논」이라는 시였다. 어느 초여름 나는 징검다리가 넘어 신과 양말을 벗고 건넜다. 그리고 들에 삽들고 계시는 아버지를 생각하며 신발을 벗은 채 앉아 그 시를 썼다.

초등학교 다닐 때는 동무들과 동생들과 형들이랑 걸어다니며 감 따먹고 무 뽑아먹고 고구마 캐먹고 오이 따먹다가 혼나기도 했던 길을 내가 선생이 되어 아이들과 걸어다녔다.

해가 가고 달이 가며 길이 변한 것처럼 아이들이 점점 줄어들더니 3년 전에 나는 주성이와 둘이서 이 길을 걸었고 주성이마저 졸업하자 나 혼자 몇번 걷다가 그만두어야 했다. 지난해 (1996), 마침내 이 들을 경지정리 하는 바람에 이 길들이 다 사

마을의 서정이 한껏 빛나던 진메마을 징검다리.

이웃마을 가는 길에서 초등학교 때부터 보아온 임질쇠 어른.

라져버린데다 나는 자동차를 갖게 된 것이다. 길은 사라지고
도로만 남았다.

　주성이마저 덕치초등학교를 졸업한 그해 3월 2일 나는 유리
창에 이마를 대고 강변길을, 내가 마흔 몇해 걸어다닌 길들을
생각하며 서러워 울었다. 나는 무엇인가 뚝 끊어지는 절망감에
몸서리쳤다. 마을과 나를 잇는 그 길들이 뚝 끊어지는 아득함
을 맛보았던 것이다.

　이제는 세상에 없는 정답던 그 길에서 나는 보았다. 농부와
소, 새와 나비와 온갖 꽃과 토끼와 노루들, 동무들과 맑은 강
물과 호수 위를 나는 한쌍의 흰나비 그림자. 강물에 어리던 진
달래꽃과 붉은 단풍나무잎, 깊은 물 속에서 솟아나 핀 개연꽃,
호숫가 뽕나무 밑에서 툼벙 물로 빠지는 가물치와 자라들.

내가 고등학교를 졸업하고 오리를 기르다가 망해서 도망가던 날, 강변에 매운 바람 불던 2월 어느날 바람에 쓰러지고 일어서던 강변의 마른 풀잎들 사이로 어머니는 나를 부르며 달려 오셔서 솔풀같이 마른 손으로 내 손에 꼭 쥐어주던 2천원의 지폐, 그리고 돌아서서 바람 속을 뛰다가 뒤돌아보면 마른 풀잎같이 서 계시던 어머니, 그리고 춥디춥던 외로움.

나는 그 길에서 자랐다.

내 소원은 멸치볶음이요

내가 존경해 마지않는, 아니 우리 민족이면 누구나 다 존경하는 김구선생께는 대단히 죄송한 일이지만 한때 내 소원의 첫째와 둘째와 셋째는 누가 뭐라고 해도 '멸치볶음과 계란후라이'를 도시락 반찬으로 가져가는 것이었다. 소원은 이루어질 수 없는 게 많다. 김구선생의 소원이며 우리 민족 모두의 소원인 통일이 아직도 이루어지지 않는 것만 봐도 그것이 얼마나 이루어지기 어려운 것인가를 우린 실감하며 살고 있다.

나는 초등학교, 중학교를 거쳐 고등학교를 졸업할 때까지 한번도 멸치볶음과 계란후라이를 도시락 반찬으로 가져가본 적이 없다. 중고등학교 때는 아예 한번도 도시락을 가져가본 적이 없었으니까. 그때 점심을 굶어서 나는 지금 이렇게 키가 작은지도 모른다. 그때만 굶었는가. 태어나 흉년 들고 피난 다니며 얼마나 굶고 배고팠는가.

우리 집도 다른 집처럼 닭을 키웠다. 그런데 달걀은 한번도 우리가 먹을 수 없었다. 모두 병아리를 깨는 데나 아니면 가용돈에 보태졌다. 어쩌다 계란을 먹을 때가 있다. 암탉이 알을 잘못 품었는지 노란 병아리가 삐약삐약 나와야 하는데 아무 소식이 없는 달걀이 있었다. 곯은 달걀이었다. 이걸 어머니가 수거해서 삶아주셨다. 또 제삿날 재수가 좋거나 시제 때 산에 따라가면 계란을 먹을 수 있었다. 그러니까 애초에 우리가 먹으려고 달걀을 찐 적은 내 기억엔 없고 내 사전에도 없다.

평소 때나 소풍을 갈 때도 도시락 반찬은 초지일관 김치였다. 아 그 신 김치! 옛날에 어디 도시락이 있었는가. 놋쇠로 된 복찌개(주발뚜껑)가 있는 밥그릇이 도시락 구실을 했다. 그 놋주발에다 밥을 담고 종재기(종지)를 밥 위에 푹 눌러 앉히고 거기다 김치를 담았다. 밥이 뜨뜻하니 신 김치는 더 시어졌다. 김칫국물이 엎질러져 학교에서 복찌개를 열면 신 김치 냄새가 교실을 진동시켰다. 나만 그렇게 가져온 것이 아니었다. 거개가 다 그랬다. 모두 그렇게 김칫국물로 비벼진 점심을 맛나게 먹어치웠던 것이다. 소풍 가는 날이면 어머니는 소금에다 참깨를 볶아 빻은 것을 넣어 볶은 깨소금을 만들어주었다. 맛은 있었다. 그래도 그렇지 소풍 가는 날 쪽팔리게 깨소금이 뭔가. 아무튼 형제끼리 오불오불 모여앉아 나뭇가지를 꺾어 대충 맞춘 젓가락으로 밥을 먹었다. 그때 어떤 아이가 가져온 멸치를 먹어본 나는 그만 그 맛에 깜박 가버렸다. 아, 우리 집은 언제나 멸치를 볶아 먹고 국에다 멸치를 넣어 먹고 멸치를 볶아서

도시락 반찬으로 가지고 다니나. 그때 그것은 까마득한 소원이었다. 그리고 도시락 반찬통이 따로 있는 학생은 늘 계란을 납작하게 부침개같이 만들어 밥 위에 덮어왔다. 밥을 먹으면서 한번씩 수저로 밥과 함께 떠먹었다. 침이 저절로 넘어가는 부러움과 선망의 대상이었던 것이다.

나는 지금도 멸치라면 대가리까지 다 먹는다. 이제 나도 우리 집도 소원이 이루어진 것이다. 멸치를 맘대로 먹을 수가 있으니 말이다. 아내는 특히 내 소원을 잘 알고 있어서 늘 멸치를 떨어지지 않게 하고 될 수 있으면 멸치 넣은 음식을 끼니때마다 내어놓는다. 내가 좋아하는 음식 중의 하나가 신 김치에다 멸치를 통째로 넣고 끓인 김칫국이다.

어머니나 내 아들이나 딸, 아내도 멸치 넣은 음식은 잘 먹지만 멸치만은 한결같이 건져낸다. 상에다 건져놓기가 바쁘게 나는 그걸 날름 집어다 먹었다. 처음 아내는 그런 나를 쳐다보며 웃었다. 요즘은 식구들이 다 내 국에다 멸치를 건져 넣는다. 나는 식구들이 넣은 멸치를 건져 먹으며 "한때 내 소원은 멸치볶음이었당게" 하면 아내는 "맨날 또 그 소리" 하며 내 국 속에 멸치를 건져 넣는다

언젠가 시 쓰는 안도현이랑 멸치회를 먹은 적이 있는데, 나는 국 속의 죽은 멸치가 훨씬 더 맛이 있었다. 이따금 손님이 오거나 멸치볶음을 할 때 어머니나 아내가 나보고 멸치대가리를 따내고 속창시(멸치 똥)를 가려달라고 한다. 그런데 멸치를 통째로 먹곤 하는 나는 대가리와 창자까지 다 씹어먹으면 쌉싸름하니 그렇게 맛날 수가 없다. 나의 소원은 이루어진 셈이다.

이참에 한때의 또다른 소원을 아주 얘기해버리고 넘어가는 게 좋겠다.

내가 문학공부에, 아니 책 보기에 기갈이 들어 있을 때 두 가지 소원이 있었다. 나는 그때 이 소원이 이루어지는 걸로 내 소원의 끝을 보기로 했다. 그밖의 어떤 소원도 절대 갖지 않을 자신이 있었다. 소원이 이루어지는 건 불가능하다고 늘 생각해온 나는 그때 '소원은 이루어질 수 있는 것이다'라고 믿었다. 그 두 가지 소원이란 책을 사보고 싶은 대로 사보는 것과 값을 의식하지 않고 담배를 사피우는 것이었다.

책은 늘 내 저쪽에 있었다. 신문의 새책란을 보면서 나는 메모를 했다. 보고 싶은 책들을 적어두었다가 월급날이 가까워오면 나는 제일 보고 싶은 순서대로 번호를 매겼다. ① ② ③ ④ ⑤ ⑥…… 보고 싶은 책은 끝도 갓도 없었다. 어떤 일이 있어도 나는 3번까지는 사야 했다. 월급을 타면 평일이어도 나는 바로 전주로 가서 얼른 책부터 샀다. 동생들 집에 먼저 들르면 포도시 집에 갈 차비만 남았다. 아니 차비만 남겼다. 언제나 책에 기갈이 들어 있어 보고 싶은 책을 쳐다보다 책방을 나와 터덜터덜 걸었던 것이다. 그러고 집에 오면 내 주머니엔 돈이 없었다. 그래서 나는 이튿날부터 담배를 외상으로 피워야 했다. 외상 담배를 피우니 담배 또한 늘 기갈이 들었다. 지독한 세월이었다. 나는 그때 무슨 책이든 다 읽었다. 일요일이면 전주 서점에 가서 못 사본 책이나 문학잡지 속의 시들을 다 읽고 나왔다. 책방 주인이나 점원들도 나를 좋아했다. 그때 처음 들른 서점이 문성당이고 그 다음이 옛 홍지서점이었다. 80년대 들어서는 노동길이 운영하는 금강서점에 들러 외상으로 사보곤 했다. 그땐 기갈이 좀 풀렸었다. 가뭄이 조금 해소된 날들이었다. 가방에 책을 가득 채워 손에 묵직하게 들고 집에 올 때면 너무나 행복했다. 나는 책 속에 소개된 책들도 메모해두었다가 사보곤 했다. 그렇게 책을 사온 날 밤엔 늘 코피가 났다. 책을 보다 새벽 세시나 네시쯤 밖에 나오려고 마루에 턱 내려서면 무엇인가 뜨거운 것이 콧구멍을 타고 떨어지던 것이다.

그 시절 못 잊을 선생 한분이 있다. 나는 여기 그 선생을 기억해두려 한다. 그 여선생은 키가 나보다 훌쩍 컸다. 덩치도 컸다. 마음이 넓은 만큼이나 세상을 사랑했다. 늘 흰 고무신을 신고 다녔으며 마을 사람들에게도 잘했다. 80년 초의 그 숨가쁜 역사의 현실을 그도 아파하고 울분을 터뜨리곤 했다. 그 여선생과 나는 늘 어딘가에 앉으면 오만가지 이야길 나누었다. 내가 만난 선생 중에서 가장 인간적인 사람이었다. 나는 그 선생과 결혼하고 싶었다. 그 여선생이 내게 너무나 많은 책들을 가져다주었다. 내가 필요한 책들을 어떻게 알았는지 사서 자기도 읽고 나도 읽게 했다. 어떨 땐 자기는 필요없는 책인데도 부러 사서 나더러 읽으라고 빌려주었다. 참 좋은 사람이었다.

세월이 흘렀다. 나는 책을 어느정도 맘놓고 사보게 되었다. 담배는 90년엔가 끊었다. 어느 토요일이었다. 아침에 일어나 담배를 찾으니 담배가 없었다. 어머니께 물어보았더니 어머니 역시 떨어지셨단다. 우리 동네 담배가게에 가보니 거기도 떨어졌단다. 에이 이 더러운 담배, 내가 담배를 피우는가 봐라. 나는 침을 길바닥에 퉤퉤 뱉고 밥 먹고 학교길을 나섰다. 이층 교실에 앉아 아래를 내려다보니 나이든 주사님이 담배를 멋지게 피워물고 지나가고 계셨다. 그때 "주사님, 주사님" 하고 부르며 아래층으로 내려가 담배 한 가치를 얻어 불을 붙였다. 한 모금 빠는데 아침부터 여지껏 참은 시간이 아깝다는 생각이 들었다. 나는 얼른 변소에 가서 똥통 속에 담배를 던져버렸다. 그 뒤로 나는 다시는 담배를 입에 물지 않았다. 흡연은 습관이었다. 그건 멋도 심심풀이도 아니었으며 화를 삭이는 그 어떤 것도 아니었다. 그냥 습관이었다. 그때까지 나는 담배를 끊겠다는 생각을 해본 적이 한번도 없었다. 나는 하루에 한갑 반에서 두갑 정도를 피웠다. 아침에 일어나 피우고, 밥 먹고 피우고, 학교길에서 피우고, 징검다리 건너며 피우고, 한시간 끝나면 피우고, 시작하기 전에 피우고 이런 식이었다.

누구나 그렇듯이 습관의 단절은 힘이 든다. 나도 힘이 들었다. 담배를 끊은 후 3년까지 꿈에서도 담배가 피워졌다. 담배를 한 가치 물고 불을 붙여 한번 빨고는 기분이 나빠 던져버리다 깨어보면 꿈이었다. 지독한 습관의 중독인 것이다. 걷다가 자전거 타보면 걷기가 싫어진다. 그러다 오토바이 타면 자전거는 죽어도 못 탄다. 자동차 타다 오토바이는 또 못 탄다. 이게 습관이다. 돈에 물든 습관이 제일 무섭다. 욕망은 끝이 없다. 욕망은 욕망을 부른다. 욕망이 충족된다면 그것이 무슨 욕망이겠는가. 욕망은 점점 크고 거대해진다. 크고 거대한 것들은 사람을 소외시킨다.

나는 작고 보잘것없는 것에 행복을 건다. 봄이면 피어나는 저 이쁜 풀꽃들을 보며 나는 행복하다. 내 소원은 다 이루어졌

다. 나는 소원이 없는 셈이다. 그러나 그럴까? 나의 아내에게
물어보라. 나는 언젠가부터 『브리태니커 백과사전』을 사고 싶
었다. 한길사에서 나온 『한국사』를 사고 싶었다. 그래서 아내
몰래 적금을 들었다. 적금이 완결될 즈음엔 영락없이 돈이 들
어가야 할 집안일이 생긴다. 난 아낌없이 그 돈을 아내에게 준
다. 아내는 고마워한다.

　나는 지금도 학교에서 월초에 주는 8만원의 밥값을 다 적금
붓고 있다. 그 적금이 완성되면 『브리태니커 백과사전』을 살 것
이다. 그때 또 집안일이 생기면 아내에게 줄 터이지만, 나는
그 소원을 남겨두기로 한다.

　나는 기억한다. 중학교 5교시가 시작된 어느날, 너의 소원이
무엇이냐고 물었을 때 서슴없이 나는 말했다.

　"내 소원은 멸치볶음이요."

　웃을 일이 아니었던 것이다.

우리 집 개 네로

　우리 집에는 소와 개가 잘 되었다. 염소나 돼지는 키워도 잘 되지 않았다. 염소는 하는 짓이 어찌나 방정맞은지 아버지가 죽도록 싫어하셨다. 돌담 뒤를 방정맞게 걷는다든가, 부엌에 들어가 솥뚜껑 꼭지 위에 네발로 서기도 했다. 하는 짓이 그렇게 촐싹대고 까불어대니 아예 염소를 키우려 들지 않았다.

　돼지는 몇번 키워보았지만 잘 되지 않았다. 한번은 돼지막을 그럴듯하게 짓고 암놈을 사다가 새끼를 낼 요량으로 정성을 다해 길렀지만 이놈의 돼지가 새끼를 낳지 않았다. 달력에 새끼 낳을 날짜를 빨갛게 표시해두었지만 날짜가 훨씬 지나도 소식이 없어 날만 새면 식구들이 돼지막 가에 서서 걱정도 하고 기대도 했지만 돼지는 그냥 멀쩡하게 꿀꿀거리며 구정물만 퍼먹곤 했다. 허기사 안 밴 애 낳으라는 식이지 새끼를 배었어야 새끼를 낳지. 그냥 날만 지나가자 아버지는 돼지를 잡아버렸다. 그뒤로 아버지는 다시는 돼지를 기르지 않겠다고 하셨지만 어느 해인가 하도 돼지금이 비싸져서 돼지를 키워 새끼를 내었는데, 이상한 병이 퍼져 어미와 새끼를 몽땅 잃은 적이 있었다. 남의 집처럼 번듯하게 새끼를 내어 마당에 이쁜 새끼들이 꿀꿀거리며 돌아다닌 적은 내 기억엔 없다.

닭은 잘 되었다. 어느 해인가는 닭을 전부 팔아서 내 중학교 한 학기 회비를 낸 적도 있으니까. 옛날엔 돼지나 닭을 키우는 데 밑천이 들지 않았다. 특히 닭을 키우는 데는 전혀 밑천이 들지 않아 생활에 아주 실속이 있었다. 아침에 닭장에서 내놓으면 하루 종일 마당과 헛간과 논배미 등을 돌아다니며 벌레도 잡아먹고 곡식 낱알도 찾아 주워먹고 땅을 헤쳐 지렁이도 잡아먹으며 지내다 해가 지면 스스로 제 집으로 찾아들어 잠을 자며 새벽을 알려주는 것이었다. 계란을 팔아 우리들 공책이나 연필을 사기도 하고 명절 때는 돈 안들이고 고기를 먹을 수 있었다. (돼지도 새끼를 살 때 돈이 들기는 했지만 기를 때는 전혀 밑천이 들지 않았다.)

이렇게 돈이나 곡식을 안 들이고 스스로 커서 살림살이의 밑천이 되고 생활에 요긴하게 소용이 되니 농촌에 돼지나 닭이 없는 집이 없었다. 허드레 곡식이나 허드렛물 하나 버리지 않으려는 농민들의 그 야무진 살림살이야말로 오늘날 우리들에게 큰 귀감이 되고도 남으리라. 곡식을 거둬들여 먹고 남는 것은 똥뿐이었다. 허기사 똥도 잘 썩혀서 다시 논밭으로 나가 곡식을 토실하게 가꾸었다. 무엇 하나 버리지 않았던 것이다.

아무튼 우리 집에서 돼지는 잘 키우지 못했지만 개는 잘 키웠다. 아니 개는 키우면 잘 자라주었다. 새끼도 잘 낳았다. 내가 덕치초등학교에 근무할 적이다. 그때 누이동생 둘과 막둥이가 덕치학교에 다니고 있었다. 차도 별반 다니지 않았던 당시는 동네별로 모여 줄을 죽 늘어서서 집으로 학교로 가곤 했다. 앞에는 애향단장이 노란 깃발을 번쩍 들어 휘날리며 줄을 서서 차도 안 다니는 논두렁길로 다니곤 했다. 완장을 차기도 하고 명찰을 달기도 해서 기세도 보무도 당당하게.

그러던 어느날이었다. 혜숙이, 복숙이, 용태, 나 이렇게 동네 아이들과 섞여서 이런저런 이야기를 하며 강변길을 따라 집으로 가는데 혜숙이가 훌쩍훌쩍 울기 시작했다. 그러자 복숙이도 울고 용태도 울기 시작했다. '웬일이당가 요것들이.' 나는 왜 우느냐고 자꾸 물었지만 한참을 걸을 때까지 아무도 입을 열지 않았다. 나는 오만가지 생각이 번개처럼 머릿속을 오갔지만 어느 것 하나 잡히는 게 없었다. 한참을 그렇게 걷다가 하도 답답해서 아이들을 세워놓고 화를 내며 물었더니 막둥이가 "개" 하는 것이었다.

"개? 개라니? 왜 개 때문에 울어?"

내가 다그쳐 묻자 혜숙이가 "오늘 장날이여" 하며 더 크게 우는 것이었다. 아하! 나는 그때서야 짐작이 가는 것이었다. 그동안 새끼를 내어 키워오던 강아지를 오늘 갈담장에 내다 팔기로 했던 것이다. 집에 가면 자기들이 한 마리씩 맡아 기르던 강아지가 없으니, 그래서 울었던 것이다. 우리 집 식구들은 모두 그렇게 개를 좋아했다. 그래서 늘 개를 키웠던 것이다.

개나 닭이나 아이들은 각자 한 마리씩 맡아서 꼭 이름을 지어 유난히 그 짐승에게 애정을 쏟았다. 자기 것에게만 먹이를 주려 하고 형 것이 자기 것을 귀찮게 굴면 마구 쫓아 혼을 내주곤 했다.

언젠가 우리 집에 '네로'라는 로마 황제의 이름을 가진 개를 기르게 되었다. 잿빛을 띤 암놈이었는데 포악한 황제 이름과는 정반대로 순하디순한 똥개였다. 네로는 사올 때부터 유독 순하게 잘 자랐다. 새끼도 쑥쑥 잘 낳아 식구들을 기쁘게 해주었다. 5년쯤은 아무런 말썽 없이 잘 자라주었다.

아버지 뒤를 졸래졸래 따라가서 아버지 나무 하시는 동안 이리저리 산을 돌아다니며 토끼를 잡아다 나뭇짐 아래 갖다놓기도 하고 어떤 날은 토끼를 잡아 저 혼자 대충 먹고 절반쯤 가져오기도 했다.

네로는 날이 가고 해가 갈수록 식구들과 친해졌다. 말을 거의 알아들을 정도여서 어디를 가다가 네로가 따라오면 "집에 가거라, 집에 가" 하면 돌아서서 집으로 가곤 했다. 아침에 내가 직장에 가려고 나서면 꼭 이웃 마을까지 따라왔다가 아쉬운 듯 집으로 돌아갔다.

어머니와 아버지가 함께 들에 나갈 때는 꼭 어머니 곁에 앉아 있곤 했다. 고추밭을 맬 때는 어머니 곁에 눕거나 앉아 있다가 어머니가 저만큼 가면 일어나 또 그만큼 따라가 앉곤 했다. 네로는 들길을 걸을 때나 밭을 맬 때 늘 어머니의 말동무였다. 모내기할 때도 꼭 따라가서는 못줄을 따라가며 자리를 옮겼다. 지극히도 식구들을 따랐던 것이다. 특히 아버지와 너무나 오랫

동안 정이 든 친구였다.

그런데 날이 가고 세월이 감에 따라 똥개 네로는 '여우'가 되어갔다. 어머니 아버지의 말을 안 듣는 게 아니라 동네에 말썽을 피우기 시작한 것이다. 70년대 초만 해도 양식이 그리 풍부하지 않아 개 먹이가 늘 모자랐다. 보리를 삶아서 먹이는 집은 그래도 괜찮게 사는 축에 들었다. 대개는 누룽지에다 먹고 남은 국물을 섞어 개를 먹였다. 개들은 늘 허기지고 허천나 있었다. 더군다나 새끼라도 낳을라치면 더욱 배가 고파 허덕이고 다녔다. 네로도 마찬가지였다.

네로는 나이가 들어서인지 동네를 돌아다니며 먹을 것을 감쪽같이 찾아 먹어치우곤 했다. 그중에서도 순창 할머니댁 소고기 '도둑질'이 유명하다. 어느날 저녁밥을 먹고 어머니께서 막 설거지를 하려는 참에 순창 할머니가 화난 얼굴로 우리 집에 들이닥치셨다. 다짜고짜 네로가 소고기 두 근을 먹어치웠다는 것이다. 어머니는 "아이구머니나" 하시며 말을 잃었다. 이런 일이 한두 번이 아니었지만 소고기 두 근이면 그때만 해도 어딘가. 어머니는 손이 발이 되게 빌고 네로가 기거(?)하는 헛간엘 가보았더니, 아니나 다를까 순창 할머니댁 쇠고기 냄비가 씻긴 듯 깨끗이 비워져 뒹굴고 있었다. 할머니는 투덜거리며 빈 냄비를 들고 집으로 돌아가셨다. 어머니는 바로 오리알 스무 개를 들고 할머니댁에 가서 사정을 하였다. (그때 오리를 기르던 우리 집에는 알이 많이 있었다.)

"어쩐다요. 한번 그리 되야부렀는디, 용서하시고 이 오리알이라도 드시요. 개 새끼 낳으면 한 마리 꼭 드리리다."

어머니의 간곡한 말씀이 고마웠던지 개가 한 짓을 사람 탓으로 돌리기가 무안했던지 이튿날 아침 순창 할머니는 오리알을 고스란히 도로 가져오셨다. 통안이댁네 오리알이 어떻게 목구멍으로 넘어가겠느냐고 하시자, 어머니가 통사정을 하다시피 해서 반씩 나누어 갖고 돌아가셨다. 지금도 이 이야기는 진메 마을 사람들에게 회자되고 있다. 네로의 소행은 여기서 그치지 않았다.

한수형님 내외가 느닷없이 찾아와서는 "아, 우리 집 냄비 내놔" 하며 그 사람 좋은 얼굴로 냄비를 찾아가고 "아 통안이댁, 우리 집 냄비 혹시 여그 없어?" 하며 동네 아주머니들이 네로가 기거하는 헛간에서 냄비나 양푼을 찾아가곤 했다. 그런 일은 네로가 새끼를 낳을 때와 모내기철이나 벼베기철에 빈번하게 벌어졌다.

내일 모내기 하려고 갈치나 고등어를 냄비나 양푼에 넣어 부엌 아궁이 잉걸불 위에 지져놓고 들에 나가면 그때를 놓칠세라 네로가 꼭 도둑질을 해댔다. 정지문(부엌문)을 닫아놓아도 살짝 열고 들어가서는, 냄비 뚜껑이 열리지 않도록 한쪽 손잡이를 물고 집으로 가져가서 속의 것을 감쪽같이 먹어치우곤 했던 것이다. 그런 일이 하도 자주 일어나니 동네 아주머니들은 야무지게 단속을 하다가도 '아차' 하는 순간에 여지없이 당하곤 했다. 그렇다고 개를 묶어둘 수도 없었다. 새끼 때부터 묶어 키우면 길이 들지만 오래 놓아 기른 개를 매어둔다는 것은 거의 불가능했다. 개가 어찌나 나대고 짖어대던지 동네가 다 시끄러워졌던 것이다.

아무튼 네로가 새끼만 낳으면 온 동네가 비상이 걸렸는데 번 번이 한두 집씩은 당했다. 어머니는 그때마다 통사정을 하고 그에 합당한 오리알로 일을 마무리짓고 웃고 지나간다. 어머니의 수완이나 되니 그저 일없이 지나가지 다른 집에서 그런 일이 일어나면 어림 반푼어치도 없었다. 어머니는 일을 당한 집에 손해가 가지 않도록 마음을 꼭 쓰셨다. 오이가 많이 열리면 오이를 갖다주고, 가지나 호박이 잘 열리면 아까운 줄 모르고 꼭 꼭 보상을 하시곤 했다.

어머니께서 한번은 네로가 냄비를 물고 오는 것을 똑똑히 보았다고 하신다. 냄비 손잡이를 살짝 물고 사뿐사뿐 자기 집으로 가져가서는 발로 뚜껑 꼭지를 살살 건드려 열고는 잘도 먹는 것을 보셨단다. 얼른 달려가 뺏긴 했지만 놀라울 정도로 침착하고도 조용조용 일을 해치우더라는 것이다.

그런 일이 하도 많으니 나중에는 모두 단속을 잘해서 피해를 입는 집이 줄어들었다. 상추밭에 똥싼 개라더니 그럴듯한 일만 벌어지면 다 우리 네로 짓으로 돌리는 일이 허다했다.

그런데 하루는 나무 하러 가는 아버지를 따라나선 네로가 저녁이 되어도 집에 돌아오지 않았다. 식구들은 모두 조금 있으면 오겠지 하며 기다렸지만 아홉시 열시가 넘어도 오질 않았다. 마당에 훤하게 불을 밝혀두고 집안 식구들은 초조하게 기다렸다. 특히 아버지는 안절부절 못하고 어쩔 줄을 몰라 마당에서 서성거리며 앞산에다 대고 큰소리로 네로를 불렀다. 열두시가 넘어도 네로가 돌아오지 않자 식구들은 모두 잠이 들었다. 나는 자다 깨다 했는데 그때마다 큰방에서 아버지와 어머니가 두런두런 이야기하시는 소리가 들렸다. 날이 새도 네로가 나타나지 않자 아버지는 지게를 지고 어제 나무 했던 곳으로 가서 나무는 하지 않고 하루 종일 그 근방을 찾아보다 빈 지게만 지고 터덜터덜 집으로 돌아오셨다. 그렇게 이틀이 지났다. 식구들은 이제 네로가 어디에서 쥐약을 먹고 죽어버렸거니 했다.

네로가 집을 나간 지 3일째 되는 날이었다. 새벽 세시나 네시쯤이었을 것이다. 아버지가 잠을 자는 둥 마는 둥 하고 있는데 강 건너에서 무슨 이상한 소리가 들리더라는 것이다. 아버지는 이상한 예감이 들어 벌떡 일어나 정신을 바짝 차리고 그 소리에 귀를 기울이셨단다. 쇠가 돌멩이에 부딪혀 딸그락딸그락거리는 소리가 들리고, 어찌 들으면 개소리도 같아 후닥닥 옷을 챙겨 입고 우리를 깨우셨단다. 어머니는 어디서 손전등을 얼른 빌려오셨다. 어머니와 나와 아버지는 잔뜩 긴장이 되어 숨도 제대로 쉬어지지 않는 것 같았다. 조심조심 징검다리를 건너고 물소리가 끊기는 강 건너 기슭에 다다를 때쯤 언뜻 푸른 불빛 두 개가 번뜩이며 짐승 같은 몸짓이 보였다. 순간 모두 긴장되었다. 그때 그 푸른 불빛에서 끼낑거리는 신음 소리가 확실히 들려왔다. 우린 얼른 뛰었다. 아, 거기 네로가! 강 건너쪽 징검다리 첫 징검돌에 네로가 무엇엔가에 걸려 끼낑대고 있었던 것이다. 아버지는 얼른 네로를 보듬어 안아들었다. 그러나 네로가 들리지 않아 아버지는 엉거주춤 서고 말았다. 그리고는 얼른 손전등을 끼낑대는 네로의 몸뚱어리에 비추어보았다. 아, 이게 웬일인가. 네로의 오른쪽 발끝에 커다란 쇠덫이 물려 있었다. 덫에다 매단 철사줄과 함께. 아버지와 어머니와 나는 동시에 "아!" 소리가 저절로 나왔다. 내가 얼른 덫을 들고 밖으로 나갔다. 덫은 무척이나 무거웠다. 아버지와 내가 있는 힘을 다해 덫의 아가리를 벌리고 네로의 발을 빼냈다. 발바닥 둘째마디가 야무지게도 물려서 뼈가 으스러지고 피가 범벅이 되어 있었다. 네로는 이제 신음소리도 내지 못했다. 네로를 보듬고 집으로 돌아와 따뜻하게 해주고 우리들은 개가 받았을 고통에 괴로워했다.

이튿날 아버지는 새벽같이 약을 지어다 네로의 발에 바르고 붕대로 감싸주었다. 이웃집 사람들도 네로가 덫을 끌고 산길을 내려온 것에 대해 감탄스러워했다. 더군다나 아픈 몸으로 어떻게 덫에 매어놓은 철사줄을 몇가닥이나 끊었는지 지금도 나는 네로의 그 일이 불가사의하게 여겨진다. 철사줄은 안경테만한 굵기였던 것이다.

네로는 차츰 발이 나아서 이전처럼 들로 산으로 아버지와 어머니를 따라다니며 말동무도 되어주고 귀찮은 말썽꾼도 되었다.

그런데 네로가 우리 집에 새끼로 온 지 꼭 9년째 되던 해였다. 그해에도 네로는 새끼를 여섯 마리나 낳았다. 새끼를 낳자 네로는 또 동네 부엌을 드나들었지만 먹을 만한 음식은 없었던 모양이다. 네로가 문득 이상한 낌새를 보이기 시작한 것은 그 무렵이었다. 쥐약을 먹은 모양이었다. 아직 새끼 젖도 떼지 않은 때였다.

개들이 쥐약을 먹으면 무조건 길길이 뛰면서 깨갱거렸다. 그리고 집에 가만히 있질 못하고 이리 뛰고 저리 뛰며 마구 어딘가로 달아나버렸다. 후드득거리며 집안을 뱅뱅 돌다가 냇물로 쏜살같이 뛰어들어 죽어버리기도 했다. 그렇게 죽은 개는 그래도 다행이었다. 어디서 죽은지 모르게 죽는 경우도 많았다.

진메마을〔長山〕은 동네가 이름처럼 길다. 동네 골목이 없다. 골목이라야 두세 집 정도 지나는 게 고작이다. 산 아래에 바로 동네가 있고 문 앞으로 난 길 하나 건너면 모두 논이었다. 그러니까 마당에서 훌쩍 뛰면 바로 논인 것이다. 그래서 곡식이 익을 때쯤이면 닭과 개와 송아지 때문에 늘 큰소리가 나곤 한다. 그리고 벼가 익을 땐 쥐까지 합세해서 곡식에 해를 끼치니 문전에 전답을 짓는 사람들에겐 쥐, 개, 닭, 송아지가 늘 원성의 대상이었다.

송아지란 놈은 인정사정 없이 아무 논밭이나 뛰어들었다. 못자리, 벼가 익어가는 논, 싹이 쫑긋쫑긋 솟아나는 마늘밭, 가지밭, 호박밭, 배추밭 할 것 없이 천방지축 뛰어다니는데 논밭 주인이 고함을 지르고 돌을 던지면 요놈은 한결 더 했다. 고함을 지르면 우뚝 섰다가는 더 방정맞고 기운차게 뛰어다녀 이제 마악 배추나 무 싹이 나오는 밭을 엉망진창으로 만들어버리는 것이었다. 엎친 데 덮친다고 송아지가 뛰면 어디서 나타났는지 개까지 덩달아 송아지를 좇아 뛰는 것이었다. 개와 송아지가 이리저리 뛰면 또 어디서 나타나는지 동네 송아지들까지 합세하는 것이다. 막지 못하고 웃지 못할 일이 벌어지고 그날 저녁에 동네만 시끄럽기 마련이다. 송아지 주인과 무밭 주인의 싸움이 시작되는 것이다.

"집이는 짐승 안 키우요."

"송아지가 크면 매어야지."

딱 이 두 마디가 새끼를 치고 새끼를 쳐 해가 지고 집집이 저녁연기가 다 사라질 때까지 싸우는 것이다.

송아지는 그렇다 치고 개도 여러가지로 말썽을 피웠다. 어떻게든 '개구멍'을 내어 개가 들어가면 닭도 그 구멍으로 따라 들어가기 마련이다. 개는 똥 싸고, 닭은 헤집고…… 개는 주로 텃논에 들어가 다 익은 벼를 장난질하며 눕히고 다닌다. 나락을 덕석에 널어놓으면 그 위에서 뛰놀아 다 흩어지게 하는 것이다.

닭은 또 어떤가. 텃논에 벼가 익기 시작할 때부터 고개 숙인 벼를 따먹기 때문에 또 동네가 시끄러워진다. 제일 큰소리를 많이 치고 욕을 우악스럽게 하는 분은 누가 뭐래도 우리 큰집 할머니와 성만이양반네 어머니였다. 이분들의 입은 하도 험해서 여기에 그 욕을 적지 못한 게 매우 유감이다. 엄청난 욕을 해대며 닭을 쫓는 두 노인을 보고 웃지 않은 이들이 거의 없었다. 나이든 남자들은 그런 할머니들 곁을 지나며 실실 웃었고, 아낙네들은 욕의 내용 때문에 숨어서 킥킥 웃었으며, 뭘 잘 모르는 큰애기들은 낯을 붉히며 숨었고, 총각들은 싱글싱글 웃으며 느물거렸다. 닭은 텃논이나 텃밭에 널어 말리는 나락마당에도 늘 말썽이었다.

쥐는 나락이 익어가는 논에 가장 큰 적이었다. 쥐 때문이기도 하지만 닭과 개가 다칠까봐 나락 주인은 저물녘에 동네방네 돌아다니며 쥐약을 놓는다고 엄포를 놨다. 모두 알아서들 하라는 것이다. 뒷일은 절대 책임을 지지 않겠다며 멸치대가리에 쥐약을 묻혀 곳곳에 뿌려둔다. 이 쥐약 묻은 멸치대가리를 먹고 죽은 쥐를 개가 먹고 깨갱거리고 길길이 뛰며 동네를 휩쓸다가 어딘가에서 죽어버리곤 했다. 쥐약을 먹고 죽은 개가 눈에 띄면 동네 사람들은 그 개를 그슬려 창자는 꺼내버리고 목구멍의 때를 벗기곤 했다.

아무튼 쥐약을 먹었는지 어쨌는지 네로는 어쩔 줄을 모르고 왔다갔다하다가 다시 집으로 와서 새끼들한테 몸을 뒹굴며 비비다가 속이 타는지 또 어디론가 재빨리 도망갔다 돌아와서는 새끼들에게 몸을 비비고 뒹굴기를 여러번 반복하는 것이었다. 말 못하는 짐승이지만 얼마나 새끼들을 못 잊으면 저럴까 싶어 어머니와 아버지는 안절부절 못하셨다. 그래도 할 수 없었다. 제 운명이 다한 것이다. 아버지는 쥐약 먹은 네로가 달려들면 어쩌나 하시면서 새끼들 옆에 뒹굴며 안타까운 눈을 한 네로를 잡아 묶어두었더니, 오래오래 서러운 눈빛으로 식구들과 새끼들을 보다가 끝내 죽어버렸다. 안타까운 일이었다. 아버지는 삼태기와 괭이를 챙기셨다. 묻어주려는 것이었다. 이것을 본 동네 사람 몇이 꼴마리에 손을 집어넣고 슬슬 모여들었다.

"어이 규팔이, 꼭 묻을랑가?"

"쓸데없이 침 삼키지 마."

"그려, 글면 그래봐."

이렇게 물러서는가 싶으면 또 다른 사람이 와서 슬슬 이 눈치 저 눈치 보아가며 말을 툭툭 던져보는 것이었다. 아버지는 지게를 챙기더니 개를 짊어지셨다. 그때였다. 웬 낯선 사람이 우리 집 근처로 어슬렁어슬렁 오고 있었다. 이상한 자루를 손에

든 그는 죽은 네로를 보더니 눈이 번뜩 빛났다.

"이 개 쥐약 묵고 죽었구만이라우잉, 내게 파시오."

다짜고짜 덤벼들었다. 아버지는 화를 버럭 내시며 넋빠진 소리 말라고 했다. 그때 동네 사람이 하나 나서더니 "을마 줄라요?" 지나가는 말로 흘리니까 "오천원 주지라우" 하는 것이었다. "예끼 이 순……" 하며 "만원만 주쇼." 그렇게 흥정 아닌 흥정이 붙더니 그 사람이 "그럽시다, 글면" 하며 순순히 만원을 내놓는 것이었다. 너무 짧은 순간의 일이어서 아버지도 그 판에 휩쓸려버렸는지 못 이기는 척하고 그렇게 하셨다.

어미가 죽자 여섯 마리 강아지들이 문제였다. 부엌에서 누룽지로 키우니 부엌이 엉망진창이 되고 요것들이 꼭 국솥 아궁이로 들어가 잠을 잤다. 아침에 나가보면 굴뚝새같이 새까맣게 그을음을 뒤집어쓰고 나왔다. 사람이나 짐승이나 어렸을 적 부모 잃으면 모두 저모양 저꼴이 되는구나 싶어 늘 강아지들이 불쌍했다. 어쩌다 그냥 죽어버린 두 마리를 아버지는 동네 앞 내가 심어놓은 느티나무 밑에 묻어주었다. 네 마리 중에서 복두네와 성만이 어른네가 한 마리씩 사갔지만 밥은 우리 집에 와서 먹고 잠도 우리 집에서 잤다. 요것들도 새끼 때부터 꼭 어머니를 따라다녔다. 모내기철 못줄을 자꾸 옮겨 어머니와 멀어지면 논두렁을 따라 옮겨와 앉곤 했는데 논두렁을 다니며 일하는 사람들에게 거치적거려 늘 지천을 들었지만 끝까지 따라다녔다. 조금 자라자 아버지는 새끼들마저 보기 싫다고 팔아버렸다. 강아지 판 돈과 네로 판 돈으로 아버지는 돼지새끼를 샀다. 다시는 내가 개를 키우는가 봐라 하시며.

우리 집은 돼지가 잘 안되는 집인데도 새끼를 세 마리나 낳아 탐스럽게 쑥쑥 컸다. 세 마리를 다 기를 요량이었지만 아니나 다를까. 한여름이 되자 돼지새끼들의 몸뚱이에 붉은 반점이 생기더니 금세 죽을 것 같았다. 동네 사람들을 불러 아버지는 새끼들을 잡아먹게 했다. 3,40근 나가는 돼지를 공짜로 먹기가 미안했던지 동네 사람들은 조금씩 돈을 거두어 아버지에게 드렸다. 아버지가 몸이 많이 편찮으실 때였다. 그때가 아마 80년 대 초였을 것이다. 크게 낙심하신 아버지는 어느날 장에 가서 아주 예쁜 복슬강아지를 사오셨다. 키가 작고 바둑무늬가 있는 굉장히 귀여운 개였다. 아버지는 이름을 '네롱'이라고 지었다. '로'자 밑에다 'ㅇ' 받침을 붙였던 것이다. 이놈도 꼭 아버지와 어머니 일하는 데를 지성스럽게 따라다녔다.

요놈도 식구들의 애간장을 태운 적이 한번 있다. 오전에 벼 훑는 일을 끝내고 오후에 어머니는 그 논 위로 알밤을 주으러 갔는데, 요 네롱이란 놈이 어머니가 저녁때도 그곳으로 일하러 올 줄 알고 오전에 일한 곳으로 가서 나락가마니 밑에 쭈그려 잠을 자버린 것이다. 어머니는 생각도 안 하고 날이 어두워 집에 와보니 네롱이 집에 와 있지 않았다. 동네 여기저기 찾다가 밤이 되어도 들어오지 않아 걱정을 하다가 잠이 들어버렸다. 아침밥을 먹고 논에 가보았더니, 아니 글쎄 네롱이란 놈이 그때까지 나락가마니 밑에서 잠을 자고 있었던 것이다. 참 웃기는 놈이었다.

지금 우리 집엔 키가 나 닮아 땅딸막하게 생긴 '검둥이'가 있다. 요놈도 옛날 개들과 똑같이 어머니와 나를 잘 따라다닌다.

아침에 내가 산책을 가려고 하면 얼른 꼬리를 치며 따라나오지만, 출근 차림을 하고 구두를 신으면 별로 기쁜 내색을 하지 않고 느티나무 있는 데까지도 따라나오지 않는다. 망태를 메거나 지게를 진 일 차림이면 얼른 어머니를 따라나서지만 가벼운 동네 마실 차림이면 나서지도 않는다.

요즘 시골에서는 개를 가두거나 매어 기른다. 개금이 비싸서 몽땅 새끼를 키우는 집도 있고, 계획적으로 새끼를 내어서 실속있게 돈을 벌기도 하지만 우리 집에선 왠지 그런 일이 잘 안 된다. 우리 집은 아직도 개를 가두거나 매어 키우지 않고 그냥 내놓고 기른다. 검둥이는 아주 특별한 대우를 한몸에 받는다. 동네 사람들도 모두 귀여워한다. 여름 느티나무 아래서도 꼭 어머니 곁에 엎디어 잠을 잔다.

어머니는 늘 우리들에게 그러셨다. 개도 우리 집 식구가 이뻐해야 남들도 무시 못하고 이뻐하는 것이라고. 나는 남들이 우리 집 개를 업신여기거나 허투루 발로 차는 것을 한번도 보지 못했다.

우리의 허를 찌르는 어머니의 먹을 것 감추기

명절이 끝나가면 명절 음식들도 떨어져간다. 명절 중에도 설날에 음식을 가장 많이 만드는데, 정월 음식은 대개 정월 대보름까지 이어진다. 튀밥을 튀어오거나 어쩌다 사과나 과자를 사올 때도 있지만 사과나 배는 설에 사서 대보름까지 제상에 쓰였다. 그래서 정월 대보름에는 새로 장만하는 음식이 그리 많지 않다. 쑥떡이나 흰떡, 연사나 콩과자 부스러기들이 정월 내내 어딘가에 있기 마련이다. 추석이나 백중, 칠석 음식들은 조금만 오래 두면 쉬기 때문에 그때그때 먹어치운다.

명절에 만들어진 음식들은 아무리 아껴 먹어도 음식이 귀할 때라 금세 동이 나게 마련이다. 밖에서 맘놓고 뛰어놀던 아이들은 허기진 배를 채우기 위해 집으로 들어와 먹을 것을 찾는다. 명절이 지난 지 며칠 되지 않으면 살강이나 광방 쌀독, 선반 어디에든지 먹을 것이 있어 금방 찾지만 명절이 지난 지 오래 되면 그런 것이 아무데나 있지 않았다. 어머니가 어딘가 숨겨놓고 조금씩 조금씩 맛보게 하기 때문이다. 아무리 명절 끝무렵이라도 어머니들은 꼭 몇 가지 음식을 숨겨두고 이따금 우리들에게 긴요하게 써먹었다. 심부름할 때나 말 잘 들을 때면 어디에 감춰두었는지 아무리 찾아도 없던 콩과자나 연사 같은 마른음식이 나오곤 했다. 그걸 알고 있는 우리들이 어머니가 주실 때까지 그냥 기다릴 리 만무했다. 어딘가에 감추어져 있을 과자, 사과, 떡, 연사, 콩과자 등을 찾으러 집 구석구석을 다 뒤졌다. 대개는 여기저기 뒤져도 헛물만 켜기 십상이다.

그런데 유독 그 먹을 것을 잘 찾는 동생이나 형이 있다. 어머니는 아주 중요하고 깊숙한 곳에는 절대 감추지 않는다. 그렇다고 매번 감추는 곳에다 다시 감추지도 않는다. 시시때때로 우리들을 속이고, 우리들의 허점을 이용해서 매번 허탕치게 만들었다. 우리들과 어머니의 숨기고 찾는 숨바꼭질에서 어머니를 이기기란 하늘의 별따기만큼 어려운 일이었다.

어머니는 너무나 정확하게 우리들의 마음을 읽고 있었다. 개떡을 만들어 먹고 서너 개쯤은 남겨 어디다 슬쩍 숨겨놓는다. 이튿날 우리들은 총력전을 펴서 개떡을 찾지만 허탕을 치기 일쑤다. 그러다가 무심코 마루 구석에 있는 양푼을 발로 슬쩍 건드려보면 양푼이 밀리지 않고 무게가 느껴질 때가 있다. 퍼뜩 짚이는 게 있어 얼른 양푼을 떠들어보면, 아 거기 호박잎에 싸인 시큼달콤한 개떡이 있었던 것이다. 꼭 그런 식이었다. 아무렇지도 않은 곳, 무심히 지나치는 곳, 너무나 눈에 잘 띄는 곳에 어머니는 떡이나 다른 먹을 것을 가만가만 놓아두셨던 것이다. 우리들은 매번 속고 어머니는 늘 이기셨다. 그것은 삶의 폭과 깊이, 지혜의 문제였다.

그렇게 잘 숨겨놓은 것들을 어머니는 아주 요긴하게 쓰시곤 했다. 다른 곡식들도 마찬가지였다. 제사 때 쓰려고 쌀을 숨겨 둔다거나, 아플 때 먹이려고 찹쌀을 아껴두는 일들은 모두 긴 요할 때 쓰기 위한 삶의 지혜로움에서 나온 것이다.

먹고 놀자 정월

정월이 되면 진메마을은 온통 날마다 축제다. 아니 섣달 그
믐이 되기 훨씬 전부터 마을은 축제 분위기에 휩싸인다. 설 음
식 중에 제일 먼저 조청을 만드는데 엿기름으로 단술(식혜)을
만들어 고면 조청이 된다.

영감아 땡감아
울지를 말아라
인절미 콩떡에
꿀 발라 줄게

여기서 꿀이 바로 조청이다. 조청은 떡을 찍어 먹는 데 소용
된다. 특히 쑥떡에 찍어먹으면 맛이 그만이다.

조청을 고고 나서 연사라는 과자와 콩강정을 만든다. 그리고 섣달 그믐이 가까워오면 흰떡을 만들어 떡국을 끓여 먹는다. 설날 하루 전쯤 인절미와 쑥떡을 만들고 섣달 그믐 저녁에는 시루떡을 만든다. 나물, 과자, 떡 등 설 음식이 다 장만되면 식구들은 모두 목욕을 한다. 청년들과 어른들은 우골 도랑에 있는 한지(韓紙) 만드는 '지소'라는 곳에서 닥껍질 삶는 큰 솥에다 물을 데워 때를 벗기고, 아이들이나 아낙네들은 집에서 쇠죽솥에 물을 데워 목욕을 한다. 그런데 처녀들은 언제 목욕을 하는지 우리 집에 처녀가 없던 탓에 지금도 그게 궁금하다.

설 동안 편히 놀기 위해서는 짐승 밥을 많이 마련해두어야 한다. 특히 쇠죽감을 많이 썰어두어야 한다. 머슴살이하던 이들은 떡을 쳐주고 쇠죽감, 장작, 땔감 등을 많이 장만해두고 나서야 자기 집으로 간다.

그런데 섣달 그믐날 하지 말아야 할 일이 한가지 있다. 그것은 산에 가서 나무 하는 것이다. 진메마을에는 "섣달 그믐날 나무 하는 놈은 내 아들놈"이라는 말이 있다. 욕 중에서 상욕에 속하는 이 욕은 아마도 섣달 그믐에 나무 하는 '놈'이야말로 이 세상에서 가장 게으른 '놈'이기 때문에 생긴 욕이 아닌가 싶다.

어느날 우리 동네 한분이 게으름을 피우다가 설 � 나무가 부족하여 앞산으로 나무를 하러 갔더란다. 지게를 받쳐놓고 떡하고 음식 장만하느라 굴뚝마다 연기가 퐁퐁 올라가는 마을을 바라보며 담배를 한대 다 피워갈 무렵이었단다. 어디선가 바람결에 사람 소리가 나는 것 같아 귀를 귀울여보니 아무 소리도 안 들리고 솔바람 소리와 강 건너 집집이 떡치는 소리만 들리는 것이었다. 헛소리를 들었나 싶어 낫을 들고 막 일어서려는데 또 어디선가 무슨 소리가 들리는 것 같아 그 쪽으로 고개를 돌렸더니 자기가 앉은 뒤쪽 바위틈으로 그림자 같은 게 얼른 숨는 무엇인가를 본 듯하여, '허 참 내가 인자 헛것까지 본다냐' 하며 다시 막 일어서려는데 아까보다 더 또렷하게 "섣달 그믐날" 어쩌고 하는 소리가 분명히 들리더란다. 옳지 어떤 놈이 바위 뒤에 숨어서 나를 놀리는구나 하며 일부러 동네를 바라보는 척하고서 귀는 맘껏 등뒤로 열어두었단다. 아니나 다를까 조금 잠잠하게 앉아 있었더니 분명하게 "섣달 그믐날 나무 하는 놈은 내 아들놈"이라는 말이 들리더란다. 순간 얼른 고개를 돌려 소리 나는 바위틈을 바라보니 또 아까처럼 무엇이 얼른 숨더란다. '어떤 싸가지 없는 놈이 어른하고 장난을 한다냐.' 화가 난 이 분이 작대기를 꽉 움켜쥐고는 이제 한번만 더 그따위 소리를 해봐라, 이 작대기로 대갈통을 부숴버리겠다며 살금살금 기어가서는 그놈이 고개를 내밀기만을 기다리고 있는데 "섣달 그믐" 하는 소리가 들려 후닥닥 작대기를 치켜들었더니 뚝 그치더란다. 바위틈을 아무리 내려다보고 들여다보아도 거기엔 쥐새끼 한마리 없었다. '내가 헛소리를 듣고 헛것을 봤다냐, 에이 재수 없다'며 지게를 짊어지고 다른 곳으로 어슬렁어슬렁 산을 내려가니 뒤에서는 또 "섣달 그믐날 나무 하는 놈은 내 아들놈"이라는 말이 들려오더라는 것이었다. 약이 올랐지만 그동안 게으름을 피운 게 쑥스러워 빈 지게만 지고 털래털래 집으로 돌아와버렸다는 것이다.

이 이야기가 어디서 나왔는지는 모르겠지만 그만큼 섣달 그믐은 한해의 모든 일들을 잘 마무리지어야 한다는 뜻이 아닌가 싶다.

섣달 그믐밤만큼 뜨끈뜨끈하고 설설 끓는 방은 없다. 또 그때만큼 먹을 게 풍성하던 때가 있으랴. 등 따숩고 배부른 섣달 그믐밤 잠을 자면 눈썹이 하얘진다는 말이 있어 우리들은 쿡쿡 찌르는 졸음을 얼마나 참았던가.

섣달 그믐 초저녁이 되면 마을에서 당산제를 지냈다. 돼지머리를 정자나무 상석에다 차려놓고 굿을 하며 일년 동안의 무사에 감사하고 새해 마을의 소망을 빌었다.

그리고 설이 왔다.

설날 새벽이 오면 마을은 고요함에 휩싸인다. 어찌 보면 엄숙하기까지 하다. 오랜만에 양말도 사고 새 옷도 지어 입거나 사입고 시꺼멓게 낀 때까지 말끔하게 씻어내고 맞이한 신새벽이니 얼마나 깨끗하고 고요하겠는가.

진메마을에 햇살이 퍼지기 시작하면 때때옷을 입은 아이들이 하나둘 집 밖으로 나온다. 그러면 뒷당산나무의 까치가 크게 울기 시작한다. 까치가 울면 손님이 온다는 말이 있는데 까치는 마을 사람들의 평소 복장을 기억하고 있어서 새 옷을 입은 사람이 나타나면 낯설어서 운다는 것이다. 설날 아침이나 뉘집 결혼식이 있는 날 까치들은 유독 큰소리로 운다. 그래서 설날이 '까치까지 설날'이었던 것이다.

햇살이 쫙 퍼지고 조용한 아침나절이 지나면 동네 사람들은 모두 성묘를 간다. 흰 두루마기를 입은 어른들을 따라 곳곳의 산소를 찾아가는 모습은 신선하고 깨끗해 보인다. 산소에 가서 솔가지를 꺾어놓고 줄줄이 서서 절을 한다. 솔가지가 많이 놓일수록 집안의 세를 과시하는 징표가 된다. 성묘를 끝내고 돌아오면 집안의 제일 높은 어른을 찾아가 세배를 하고 마을에 영호(탈상을 할 때까지 망자의 혼을 모셔두는 곳)가 있으면 거길 찾아가 세배를 드린다. 그러고는 동네 제일 윗집부터 차례차례 세배를 다닌다.

진메마을의 세배는 초이튿날부터 주로 행해졌다. 또래끼리 떼를 지어 집집마다 세배를 다녔다. 용조형, 윤환이, 현철이, 복두, 한살 아래인 용식이, 금화. 한살 아래나 한살 위는 모두 같은 또래로 통했다.

세배를 하는 순서는 윗결 한수형님네부터 시작되었다. 세배를 가면 아랫목에 할아버지와 할머니가 새 옷을 입고 앉아 계셨다. 윗목에 주르르 한줄로 서서 세배를 하면 할아버지가 "너는 몇살인고?" "한살씩 더 먹었으니 말도 잘 들어야 헌다" 등의 덕담을 해주셨다. 덕담이 끝나면 바로 광방에서 작은 상에 차린 음식이 나왔다. 떡국, 쑥떡, 흰떡, 조청, 강정, 연사 등이 나오면 우리들은 하나도 남김없이 후닥닥 먹어치웠다. 음식을 다 먹기도 전에 다른 패들이 들이닥치면 우르르 다음 집으로 몰려갔다. 이렇게 시작된 세배 행렬로 동네는 온통 어수선하다. 마당에는 세배꾼들로 늘 어지럽고 질척거린다. 그래서 뚤방으로 통하는 곳까지 아예 짚을 깔아두곤 했다. 윗결 한수형님네부터 아랫결 윤환이네까지 서른네 집쯤 된다. 그 중에 어르신이 안 계신 집도 있어서 세배를 드릴 데는 열대여섯 집 되었다. 순서대로 세배를 다니다 보면 거의 하루해가 걸렸다. 윤환이네까지 가면 이젠 더 먹을 것이 들어가지 않았다.

　초등학교 때는 술을 먹지 못했기 때문에 괜찮은 편이었다. 좀 나이가 들면 집집이 모두 농주를 내놓았기 때문에 세배길 중간에서 취해 곯아떨어져 세배를 망치는 일이 흔했다.

　고등학교를 졸업하던 해였다. 나는 여느 해처럼 내 또래들과 세배길에 나섰다. 윗곁 한수형님네를 시작으로 해서 제일 마지막 윤환이 아버지께 세배를 드리러 갔다. 윤환이네 집은 산 중턱에 있어 비탈이 심했다. 윤환이 아버지는 늘 도롯자락에 갓을 쓰고 다니셔서 동네 사람들이 '갓쟁이' 어른이라고 불렀다. 우리들은 윤환이를 놀릴 때 늘 '갓쟁이'라는 말을 함부로 씀으로써 윤환이의 속을 긁어놓았다. 일은 별로 하지 않고 늘 엄한 인상을 하고 다니셨다. 윤환이는 이 갓쟁이 어른의 막둥이였다. 우리들은 그 어른께 엄숙한 표정으로 세배를 드리고 무릎을 꿇고 앉았다. 하나하나 얼굴을 마주보며 한말씀씩 해주시더니 내 차례가 되었다.

　"자네는 인자 몇학년인가?"

　"네, 인자 고등핵교를 졸업합니다."

　"그려, 글먼 인자 중핵교에 가야겠구만."

　복둔가 누군가가 킥킥 웃었다. 윤환이 아버지가 엄숙하고 심각한 표정으로 '고등학교를 졸업했으니 중학교를 가야 한다'는 말을 너무나 자연스럽게 했기 때문이다. 우리들은 모두 고개를 숙이고 곁눈과 곁눈을 마주치며 웃음을 참다가 참지 못해 부산하게 일어서서 밖으로 나와 뒤안으로 가서 발을 구르며 실컷 웃었다.

"용택이 너 인자 고등핵교 졸업했응께 중핵교 갈라먼 큰일이
다 큰일."

그러고 나서 우리들은 큰방으로 가서 윤환이 어머니께 대충
세배 드리고 술을 마시며 실컷 웃었다.

설 때 윤환이네 집은 늘 술 취한 사람들로 북적거렸다. 큰방
아랫목이나 작은방엔 꼭 술 취한 사람들이 두서넛쯤은 잠들어
있었다. 우리들도 세배길 마지막인 윤환이네 집에서 '앉은 저
녁'까지 때우곤 했다. 윤환이 아버지께서 기거하는 방은 본채
와 뚝 떨어져 있어서 맘껏 떠들고 놀아도 괜찮았다.

> 갓쟁이 갓쟁이 허닝게
> 너그 집이 너그 집이 갓쟁이
> 없느냐고 허닝게
> 있다고 있다고 허드라

이 노래는 그 어른이 얼마나 엄하게 동네 사람들을 대했는지
를 짐작케 한다.

우리 또래들이 초등학교·중학교 다닐 때까지는 주로 설 때
군기살이나 때끼총 싸움, 자치기, 짚공 차기 등을 하며 놀았
다.

군기살이는 종이를 화투짝만하게 오려서 그 위에다 일병·이
병·상병·소위·중위·대위·소령·중령·대령·준장·소장·대
장·원수 등의 계급을 새겨가지고 양편으로 나누어서 하는 잡

기 놀이였다. 상대편, 그러니까 적이 무슨 계급을 가지고 있는
지를 잘 모르기 때문에 조심스럽고 두렵지만 여러번 하다 보면
대개 짐작이 가기도 한다. 나이가 어릴수록 낮은 계급의 딱지
를 갖기 마련이었다. 그러다가 엉뚱하게 당하기도 했다. 쫓고
잡히고 하는 동안 상대편의 딱지를 많이 빼앗은 쪽이 이겼다.
상대방이 무슨 계급을 가지고 있는지 눈치를 채고 내 계급이 높
으면 끝까지 쫓았다. 추운 강을 건너고 장산 위로 도망가지만
끝까지 추격해서 잡았다. 천신만고 끝에 잡고 보니 자기보다
한 계급이 높아서 모두들 땅을 치며 웃을 때도 있었다. 그때 아
마 전쟁이 끝난 지 얼마 지나지 않아서 그런 놀이가 성행했을
것이다.

때끼총은 대나무로 만든 총인데 요즘 아이들이 가지고 노는
'비비탄'을 넣어서 만든 장난감 총과 같은 구실을 했다. 때끼총
싸움이 아니면 강변에서 나무로 만든 총싸움을 많이 했다. 빵
빵 탕탕 헛총을 놓으면 죽어 떨어지는 놀이도 했다.

제일 많이 하는 놀이는 자치기와 공차기였다. 공차기와 자치
기는 명절 때뿐 아니라 겨울철 나무 하러 가기 전 사람들을 기
다리는 사이에 하기도 하고, 동네 누가 장가들거나 시집가는
날에도 많이 했다. 자치기는 어린아이부터 청년들까지 하는 놀
이였다. 한수형님, 판석이형님, 진석이형님이 가장 웃기는 폼
으로 자치기를 했다. 날아가는 새끼 자를 커다란 손짓으로 "아
이갸" 하며 헛잡는 품이 너무나 웃겼던 것이다. 새끼 자는 진작
땅에 떨어지거나 엉뚱한 데로 날아가버렸는데 받은 줄 알고 두
손을 가슴에 살짝 대거나 뚤레뚤레 찾는 품을 보고 웃지 않는

사람은 아무도 없었다. 자치기가 윗결, 아랫결으로 팀이 짜여 벌어지면 온동네 사람들이 논두렁에 앉아 응원하며 보기도 했다. 참으로 신나는 놀이였다.

공차기도 그렇게 늘 시합이 벌어지곤 했다. 윗결 아랫결, 그러니까 '통시암거리'인 공동샘을 중심으로 위 아래로 팀을 갈랐다. 짚으로 뭉쳐서 새끼로 꼭꼭 얽어맨 아이들 머리통만한 '짚공'으로 공차기를 했다. 고무공이 아직 없을 때였다. 운동장은 공동샘이 있는 지금의 마을회관 앞 텃논이었다. 아무리 새끼줄로 단단히 얽어매도 한참 차다 보면 새끼줄이 풀어지기 마련이었다. 그러면 잠깐 쉬면서 단단히 손을 봤다. 그 사이 다른 아이들은 새끼줄로 동여맨 고무신을 다시 손보기도 한다. 운동화가 없어서 공을 차다 보면 공보다 신이 멀리 나가는 경우가 허다하여 구경꾼들을 웃기곤 하던 시절이었다.

짚공을 차다가 물에라도 빠지면 그야말로 그건 공이 아니라 돌이었다. 그 공을 잘못 찼다가는 발가락이 접질리고 발등이 시큰거리고 나중에는 발이 모두 벌겋게 되었던 것이다. 그래도 흙탕물에서건 소나기가 내리건 악을 쓰며 끝장을 보곤 했다. 시합이 끝나면 젖은 짚공은 너덜너덜 아무데나 뒹굴었다.

공 이야기가 나왔으니 '돼지 오줌보공' 이야기도 좀 해야겠다. 너무 가벼운 게 흠이었지만 탄력이 있어 잘 튀고 맨발로 차도 아프지 않아서 좋았다. 조금만 세게 차도 공은 높게 잘 올라갔다. 대단히 신나는 일이었다. 짚공을 차다 오줌보공을 차는 일은 그야말로 무거운 쌀짐을 지고 가다 쌀을 부리고 빈 지게로 가는 만큼이나 가뿐한 일이었다. 그렇다고 흠이 없는 것은 아니었다. 아무리 손질을 잘해도 오줌보에 붙은 기름기가 다 가시질 않아 늘 축축하고 찐득거려 지푸라기나 흙이 묻어 있어서 새 신을 신거나 새 옷을 입고 공을 차다가 공에 맞으면 옷이 금방 시커멓게 되어버렸다. 만약 폼 잡고 헤딩을 했다가는 머리통이 온통 흙을 뒤집어쓰기 마련이었다. 어떻든 돼지 오줌보는 아이들의 옷을 버리고 얼굴에 흙을 묻히면서도 오래오래 공 노릇을 톡톡히 해냈던 것이다.

통통 튀는 고무공이 나오기까지는 상당히 많은 세월이 흘러야 했다. 초등학교 5, 6학년 때 주먹만한 고무공은 우리들에겐 커다란 기쁨으로 다가왔다. 고무공은 어쩌다 부잣집 아이들이나 하나씩 갖게 되었는데 그 공을 가진 놈이 늘 대장노릇을 했다. 놀이를 하면 그놈이 늘 이길 수 있도록 제 맘대로 편을 짜곤 했다. 약이 오르고 패 죽이고 싶어도 꾹 참고 우리들은 운동장이 좁아라 통통 튀는 고무공을 찼다. 검정고무신을 벗어 두 손에 불끈 쥐고 맨발로 공을 찼는데 잘못 했다가는 영락없이 돌뿌리를 차서 엄지발가락 발톱 끝이 째지기도 했다. 그때 누군들 공 차다가 발가락이 다쳐 피흘리지 않았으랴. 탁구공보다 조금 큰 그 고무공이 들어가고 송구공보다 조금 작은 공이 나올 때쯤엔 동네별로 돈을 추렴해서 공을 사서 공동관리했다.

정월 놀이 중에 우리들이 이따금 즐겼던 것은 가시내들 방에 연기 불어넣기였다. 저녁이 되면 우리들은 우리 또래의 여자아이들이 노는 방을 알아두었다가 밤이 이슥해지면 대롱에 솔가리를 가득 넣고 대롱 끝을 송곳으로 뚫어 작은 구멍을 낸 다음, 대롱 입구에다 잉걸불을 집어넣고 볼따구니가 개구리 배처럼 툭 불거지도록 있는 힘을 다하여 불면, 대롱 속에 있는 솔가리에 불이 붙어 연기가 대롱 끝으로 뿜어지게 된다. 가시내들이 놀고 있는 집으로 살며시 가서 작대기로 방문이 안 열리도록 받쳐놓고 문구멍을 여기저기 뚫어 대롱 끝을 문구멍에다 대고 일제히 불면 하얀 연기가 방안에 가득 퍼지게 된다. 그렇게 연기를 몇초 동안만 뿜어도 석유등잔 호롱불 켠 방은 금세 연기로 가득 채워지고 방안에선 금방 난리가 나기 마련이다.

"쿨룩쿨룩, 아이고 매워 사람 죽네……"

그래도 우리들은 그냥 문이 안 열리도록 작대기를 잡고 킥킥거리며 즐거워했다. 한참을 그렇게 하다가 울고불고 난리가 나면 우리들은 얼른 작대기를 치우고 각자 튀는 것이었다. 나중에 배짱이 점점 커지면서 나이가 든 누님들 방에다도 그런 짓을 해보지만, 형들이 노는 방에는 얼씬도 하지 않았다. 만약 그랬다가는 나무 하러 가서 실컷 기합을 받거나 얻어터지게 마련이다.

보름이 지나 정월 스무날쯤 되면 어머니가 여기저기 꼬불쳐두었던 쑥떡이나 과자들도 부스러기만 남게 된다. 이제 정월 음식은 끝이 나면서 서서히 노는 기분이 식어버리고 하나둘씩 나무지게를 지고 산으로 오르기 시작한다. 그렇게 나무꾼이 하나둘 이 산 저 산에 보이기 시작하면 '먹고 놀자 정월'이 가고 2월 초하루가 돌아온다. 그러면 어머니들은 콩 볶아 먹는 날이라고 해서 콩을 볶거나 콩이 없으면 보리나 밀, 강냉이를 볶아 먹었다. 볶은 콩을 호주머니에 넣고 학교에 가거나 산에 나무 가면서 먹을 즈음이면 어느덧 일철이 코앞에 닥쳐온다. 그러면 사람들은 "이제 일만 남았네" 하며 농기구도 손질하고 앞산 보리밭에 오줌을 퍼나를 똥장군도 손질하며 한해의 농사를 걱정하고 설계했다. 놀면서 잘 먹고 힘이 축적되었으니 그 모아진 힘을 땅에 쏟아부어 땅과 곡식을 살렸던 것이다.

북두칠성이란다 !

   여름철 아이들은 저녁밥 숟갈을 놓기가 바쁘게 배 덮을 헌 오바나 담요 등을 가지고 강변으로 나갔다. 강변엔 저녁잠을 잘 곳이 모두 정해져 있었다. 집안에서 잠을 잘 수 없을 만큼 날이 더워지기 전에 아이들은 모두 자기가 잠잘 곳을 만들어놓은 것이다.

   강변엔 바위들이 많았다. 넓적한 바위를 차지하지 못한 아이들은 맨바닥에다 방(?)을 만들었다. 강변 여기저기 흩어져 있는 방학책만한 납작한 돌을 주워다가 구들처럼 방을 놓았다. 자기 식구들이 잘 만한 넓이로 구들을 놓은 다음 아이들은 그 둘레에 무릎 높이의 담을 쌓고 입구를 만들었다. 구들이 잘 맞지 않을 때는 자갈로 틈을 메우고 모래를 깔았다. 그리고 이 위에 헌 가마니때기를 깔았다.

저녁밥을 먹은 아이들은 모두 강변 '자기 집'으로 가서 짐을 놓아두고 옷을 홀라당 벗고 강물에 몸을 식혔다. 그리고 강 가운데 있는 까마귀바위 위에서 몸을 말리고 '자기 집'으로 들어가 누웠다. 아늑하고 시원했다. 지붕도 천장도 모두 하늘이었다. 하늘엔 늘 별이 반짝거렸다. 달이 높이 뜰 때도 있었다. 산골짜기마다 개똥벌레가 날아다니고 소쩍새가 울었다. 옥수수나 개떡을 가지고 나와 아무도 모르게 야금야금 먹기도 한다.

벼락바위에서 잠을 자던 형들이 이따금 아이들이 자는 곳에 와서 아이들을 싸움 붙여 울리고 가곤 했다. 진문, 진석, 한수 형님들의 말장난에 안 넘어간 아이들이 거의 없었다.

아름답고 포근한 그 안에서는 늘 형제들끼리 잠을 잤다. 깊은 밤 어쩌다 오줌이 마려워 밖에 나와 강물에다 쉬를 하고 들어와 자기도 한다. 고즈넉한 달빛, 잠든 아이들 이마 위에 떨어져 빛나는 달빛, 아이들의 뒤척임과 잠꼬대 소리, 물소리, 소쩍새 소리, 풀벌레 소리…… 다시 자려고 해도 잠들지 못하고 뒤척이며 바라보던 아, 그 별들과 달, 산천, 마을의 집. 나는 그때 외로움을 배웠는지 모른다. 그 세상은 이 세상이 아닌 듯했던 것이다. 그때쯤이면 북두칠성은 서쪽으로 많이 가 있었고, 은하수는 동서로 확실하게 뻗어 있었다.

길게 뻗어가던 별똥별. 별은 똥을 쌌다. 어느날 우리 아버지와 복두아버지가 다정하게 지게를 지고 산으로 나무를 가셨더란다. 두 분은 사촌간이었는데 우리 아버지가 한살 위 형이었다. 성격은 서로 영 달랐지만 참 다정했다. 나무를 한짐씩 해서 받쳐놓고 "어이 명옥이, 별똥 묵어봤는가. 별똥이 몸에 좋다는구만." 아버지가 말을 걸자 뜸직한 당숙이 그럴듯했는지 아니면 옛날부터 어른들한데 수없이 별똥 이야기를 들어서였는지

"그러면 성님은 묵어봤소."

"그럼 묵어봤제. 내가 주서올팅게 잠깐만 기다려봐잉."

아버지가 오래된 토끼똥을 주워 손으로 단단하게 만든 다음 당숙에게 주었더니 당숙은 만지작만지작하다가 그냥 입에 넣고 씹어 삼키시더란다.

"에, 퉤퉤. 이거 퇴깽이 똥 아니요."

아버지는 그만 웃음을 참지 못했다고 하신다. 두 분이 나뭇짐을 받쳐놓고 다정하게 앉아 이런저런 이야기나 그런 우스운 장난을 하다가 지게를 짊어지고 앞서거니 뒤서거니 산을 내려오시던 모습이 나에게 아름답게 남아 있다. 아버지도 당숙도 이제는 당신들이 늘 오르내리던 그 산에 다정하게 묻혀 있다.

밤하늘에 찬란한 별은 진메마을 아이들의 외로운 밤 친구였다. 아이들은 '별 하나 꽁꽁' '별 둘 꽁꽁' '별 셋 꽁꽁' 하며 돌아누워 다시 잠이 든다.

어느날이었다. 아이들은 저녁을 일찍 먹고 강변 '자기 집'으로 모여들어 목욕을 끝내고 방(?)에 누워 낮에 있었던 일들로 시끌시끌했다. 그러다가 누군가가 "야, 북두칠성이 으떤 별인지 너도 아냐?" 그렇게 웃기는 질문을 했다. 진메마을 아이들에게 북두칠성을 물어본다는 것은 소가 다 웃을 일인 것이다. 누가 저 밤하늘의 북두칠성을 모르랴. 모두 다 회문산 오른쪽

에 있는 또렷한 북두칠성을 바라보며 '북 두 칠 성 이 란 다' 하며 일곱 글자와 일곱 개의 별을 맞추며 떠들어댔다.

그런데 이상한 일이었다. 현철이만이 뚤레뚤레 별을 여기저기서 찾고 있었다. 아니 현철이가 분명히 북두칠성을 모르는 것 같다는 걸 다들 눈치챘다. 그때쯤 아이들은 모두 방에서 일어나 앉아 이구동성으로 현철이를 다그치기 시작했다.

"너 북두칠성이 어디 있는지 말해봐."

현철이는 궁지에 몰린 듯했다. 그렇다고 자기가 모른다는 것을 호락호락 내비칠 현철이가 아니었다. 아이들의 떠드는 소리 속에서 느닷없이 현철이가 벌떡 일어나 높다란 바위로 올라가더니 밤하늘의 별자리들을 손으로 가리키기 시작했다. 남쪽에 있는 큰별 하나 북쪽에 있는 큰별 하나 동쪽에 있는 큰별 하나 …… 이런 식으로 그 자리에서 빙빙 돌며 "북 두 칠 성 이 란 다" 하며 밤하늘의 큰별 일곱 개를 아무렇게나 띄엄띄엄 큰소리로 외치더니 털썩 주저앉아 씩씩거렸다. 모두들 와르르르 웃을 수만은 없었다. 현철이의 행동이 너무나 심각했기 때문이었다.

그후 아이들이 별자리를 찾는 일이 있을 땐 꼭 현철이 이야기를 하며 웃었다. 밤하늘의 큰별을 골라 "북 두 칠 성 이 란 다" 하며 놀았는데 마지막의 '다'자는 제일 크고 밝고 일찍 뜬 금성인 거지별이었다.

병재의 명연설

　어느 여름밤이었다. 김대중씨의 연설 흉내가 한창 유행하던 때였다. 어디서 어떻게 전해져왔는지는 몰라도 우리들은 높다란 돌멩이에 올라서기만 하면 그냥 밑도 끝도 없이 말도 안되는 소리로 김대중씨의 연설 흉내를 냈다. 나무 하러 가서 나무를 다 해놓고 묘뚱 위에 우뚝 올라서서 아무데나 대고 그 흉내를 내었고 냇가에서 벌거벗고 바위에 올라서서도 "에"로 시작되는 연설을 해대곤 했다.

　그중에서 용식이의 연설은 대단히 인기가 있었다. 용식이는 아랫곁 큰아버지의 셋째인데, 중학교 때부터 가방에다 한자로 나라 '국(國)'자를 써가지고 다닐 정도로 정치적(?) 야심을 품었던지 밤나무 밑에서 꼴을 베다가 쉴 참이면 마을에다 대고 "에, 친애하는 진메마을 국민 여러분……" 어찌고 했다. 목소리도 우렁찼을 뿐만 아니라 내용도 근거가 있었다. 용식이는 풀을 베면서도 앞산이 히야다지게 노래를 잘 불러제끼곤 했다. 고3 때 순창중, 농림고등학교 총연대장이 되었던 용식이는 대학에 가 ROTC훈련을 받고 집에 와서 죽었다.

아무튼 우리들은 저녁밥을 먹고 하나둘 벼락바위로 밤잠을 자러 나갔다. 달이 휘영청 밝았다. 아이들이 거의 모였을 때쯤 또 그놈의 연설이 시작되었다. 하나둘 돌아가면서 벼락바위 꼭대기에 올라가 달을 보며 혹은 강물을 보며 말이 안되는 연설들을 했다. 그야말로 한심하고 앞뒤도 맞지 않는 내용이어서 늘 배꼽을 잡고 데굴데굴 구르기 십상이었다.

그렇게 한 사람씩 돌아가며 웃기는 연설이 진행되는데 저쪽 구석에서 병재가 반듯이 누워 자고 있었다. 달빛 아래 시커먼 병재 몸뚱이는 깍짓동만해 보였다. 모두들 단박에 장난기가 발동해서 병재를 흔들어 깨웠다.

"병재야, 다음은 니 차례여, 니 차례."

"병재 화이팅, 이병재 화이팅!"

꼴마리 속에서 손을 꺼내며 부스스 일어난 병제는 어리둥절해서 주위를 뚤레뚤레 쳐다보고 달도 한번 바라보다 두 손으로 얼굴을 쓱쓱 문지르더니 엉거주춤 일어났다. 그리고 꼴마리를 추키더니 병재는 우리들을 보고 히— 하고 웃었다. 그의 큰 얼굴에서 이가 달빛을 받아 하얗게 드러났다. 멈칫멈칫 헤벌레 웃더니 침을 한번 꿀꺽 삼켰다. 어색하게 웃던 그가 갑자기 정색을 했다. 우리들도 긴장이 되었다. 교교했다. 어디선가 물소리가 희미하게 들렸다. 그때였다. 느닷없이 병재가 하늘을 향

병재가 연설하던 벼락바위.

해 외쳤다.

"사람은 밥을 많이 먹어야 똥을 많이 싼다!"

그리고는 털썩 앉아버렸다. 우리들은 그 소리가 무슨 얘기인지 잘 알아듣지를 못했다. 워낙 느닷없는 소리였기 때문이다. 잠시 후 그 뜻을 알아채면서 여기저기서 웃음이 터지고 급기야는 바위를 치고 모두들 뒹굴며 웃기 시작했다.

너무나도 당연하고 옳은 연설이었고, 더도 덜도 않은 병재의 진리였다. 밥을 많이 먹어야 힘을 쓰고 또 똥을 많이 싸게 되는 것이다. 똥을 많이 싸야 그 똥이 거름이 된다. 우리들은 그날 밤, 그 달빛 아래 우뚝 서서 외치던 병재의 그 우람한 모습을 아무도 잊지 못한다.

'앙꼬 아이스케키'의 추억

　다 알다시피 60년대 초엔 읍·면 단위에서 '아이스케키'(얼음
과자)를 만들어 팔았다. 그냥 물로만 얼려 만든 아이스케키가
있고, 팥을 넣어 만든 '앙꼬 아이스케이키'가 있다. 조금 고급
에 속하는 앙꼬 아이스케키는 그냥 아이스케키보다 값이 비쌌
다. 그 당시 아이스케키는 아이나 어른 할 것 없이 모두 선호하
는 여름 군것질감이었다.
　어느 할아버지가 손자에게 주려고 아이스케키를 두어 개 싸
서 장보따리 속에 넣어가지고 집에 와서 손자를 불러놓고 자랑
삼아 보따리를 끌러보니, 웬걸 아이스케키는 어데로 가고 그
자루만 남았더란다. 할아버지가 아이스케키 막대기를 들고 어
느 놈이 얼음은 먹어버리고 막대기만 넣어놨냐고 호통을 쳤다
는 이야기는 아마 그때 누구나 한번씩은 들어보았을 것이다.

이것은 얼음과자를 장에 가야만 사먹을 수 있을 때의 이야기이고 나중에는 아이스케키 통을 짐받이 자전거에 싣고 각 마을로 돌아다니는 얼음과자 장수가 있었는데 한때는 그 장사가 수지맞기도 했다.

내가 순창으로 중학교를 간 해의 일이었다. 그날은 어쩐 일인지 오전 수업만 했다. 어찌나 덥던지 어깨가 축 늘어져 터덜터덜 자취집으로 가고 있었다. 학교와 자취집 중간쯤에 있는 커다란 농협 창고 옆에 장터로 오가는 길이 나 있었다. 농협 창고는 상당히 길고 커서 여름철 그늘도 컸는데 그 앞을 지나다가 잠시 서서 땀을 식히고 가는 사람들이 많았다. 장날이면 시골 할머니 할아버지들은 장보따리를 내려놓고 그 그늘에 들어 쉬어가곤 했다.

그날 그 창고 옆을 천천히 지나다 보니 그늘에 할머니 두 분이 마주앉아 무엇인가 권커니 잣거니 하고 있었다. 나는 무슨 일인가 궁금하여 가까이 가서 보았다. 두 할머니는 사돈간이었던 모양이다. 아이스케키 한 개를 가지고

"사돈 먼저 한번 잡수셔."

"아니, 사돈이 먼저 드셔."

하며 서로 먼저 먹기를 권하고 있었던 것이다. 그렇게 권커니 잣거니 하다 한 할머니가 얼른 아이스케키를 입에 넣고 한번 빨더니 "자, 그럼 사둔도 한번" 하며 다른 할머니 입에 넣어주니, 그가 얼른 한번 입에 넣고 빨더니 또 사돈에게 주었다. 그렇게 번갈아가며 아이스케키 하나를 다 빨아먹고 다정한 두 할머니는 일어섰다. 그리고 각자 반대 방향으로 보따리를 머리에 인

채 "어여 가, 어여 가" 손짓들을 하며 멀어져갔다.

나는 그때만큼 아이스케키가 먹고 싶은 적이 없었다. 집에서 용돈 한번 탄 적이 없는 나는 주머니에 땡전 한푼 없었다. 앙꼬 아이스케키를 사먹을 수 없으니 날은 더 덥고 목도 더 탔다. 검정 교모를 벗어 땀을 닦으며 나는 멀어져가는 그 두 분의 뒷모습을 자꾸만 바라보았다.

앙꼬 아이스케키에 얽힌 아름다운 추억 한토막이 올 더위에 생각난다.

내 정강이의 덴 흉터

엿장수들은 일요일에만 마을을 돌았다. 그래야 엿을 팔 수 있었다. 가윗소리를 쩔렁쩔렁 울리며 동구길에 들어서면 아이들은 부지런히 엿과 바꿔먹을 것들을 집안 구석구석 뒤져 찾아냈다. 그러나 뭐가 있겠는가. 어떤 때는 더 신어도 될 고무신을 엿과 바꿔먹어 혼나고 마늘을 뽑다 주다 들켜 혼이 나기도 했다. 엿장수는 헌 고무신짝이나 요강 깨진 것, 탄피, 보리나 쌀 등을 받고 엿이나 성냥이나 빨랫비누를 주었다.

엿장수 말고 또 석유장수가 있었다. 동네마다 석유를 짊어지고 다니며 "석유 사려, 석유가 왔어요" 하며 외치고 다녔다. 큰 소주병에다 석유를 팔았다. 한 깡통씩 짊어지고 와서 다 팔고 갔다. 석유는 농촌의 밤을 밝히는 호롱불의 연료였다. 한겨울 희미한 석유등잔 아래에서 식구들끼리 화롯가에 모여 내복을 벗어 화로에 쬐어 이를 잡았다. 화로 위에 내복을 쫙 펴면 뜨거워져서 이가 발발 기어나왔다. 이때 재빨리 이를 화롯불 속에 잡아넣으면 이는 톡톡 소리를 내며 튀어 죽었다.

옛날엔 이가 많았다. 따뜻한 날 양지쪽에 있으면 이가 밖으로 기어나와 등허리를 발발 기어다니기도 했다. 겨울철 학교 공부시간에 앞자리에 앉은 친구 등에서 슬슬 기어다니는 이를 보는 일이 흔했던 것이다.

식구들끼리 호롱불 아래 빙 둘러 앉아 이를 잡는 모습은 정다워 보였다. 요즘 고스톱을 치다가 자기가 먹을 패가 나오면 "그래 인자 따땃헌게 이처럼 슬슬 기어나오는고만잉" 하는 소리는 옛날 화롯가에서 이 잡던 경험이 있는 사람의 이야기일 것이다. 어찌 그 호롱불 밑에서 이만 잡았겠는가. 누님은 수를 놓고 어머니는 삼을 삼고 베까지 짰다. 덕석을 만들고 망태를 만들었다. 아이들은 화롯가에 앉아 연필심에 침을 발라가며 숙제를 하고 노름꾼들은 콧구멍에 그을음이 꽉 차도록 패를 쬐었다.

호롱불은 꼭 필요할 때만 켰다. 할일 없는 날은 일찍 불을 끄고 먹방에 앉아 두런거렸다. 다음번 석유장수가 오기 전에 석유가 떨어지면 호롱을 들고 다른 집으로 꾸러 가야 했다. 나도 뒷집으로 성냥골이나 석유를 꾸러 다녔다. 빌린 것들은 꼭 갚았다.

지금도 시골 어머니들은 할일 없으면 전등불을 끄고 밖에 나와 앉아 두런두런 이야기를 한다. 풍언이아재네는 지금도 일찍 불을 꺼버린다. 전기요금을 아끼기 위해서이다. 옛 어머니들은 이렇듯 절약이 몸에 배어 있었다.

한편 튀밥장수는 방학이 시작되기만 하면 어김없이 그 이튿날 나타났다. 정확했다. 겨울방학이나 여름방학 첫날 튀밥장수가 와서 펑펑 튀밥 튀기는 소리는 아이들의 마음을 들뜨게 하기에 충분했다. 쌀, 보리, 수수, 강냉이, 떡 말린 것, 깜밥(눌은밥) 말린 것 등 콩 종류만 빼고 거의 다 튀길 수 있었다. 쌀 튀밥은 설날이나 명절을 앞두고 튀겼다. 아무리 부잣집이라고 해도 쌀 튀밥을 군것질감으로 튀기는 집은 없었다. 강냉이 튀밥은 양이 많을 뿐만 아니라 고소해서 여름철에 가장 많이 튀겨먹었다.

튀밥장수가 나타나 햇볕이 드는 따뜻한 양지쪽에 앉아 펑 하고 한방 튀기면 동네에 금방 알려졌다. 그 소리를 들으면 사람들은 튀밥 튀는 삯과 강냉이를 담은 그릇과 큰 자루와 나무를 가지고 모여든다. 돈이 없는 집은 두번 튀길 만큼 곡식을 가지고 가서 한번 분량은 삯으로 튀밥장수에게 주면 되었다. 나무는 튀밥기계에 불을 때야 하므로 반드시 필요했던 것이다.

내가 중학교에 입학해서 처음 맞은 여름방학 이튿날도 어김없이 튀밥장수가 왔다. 아이들은 신이 나서 더운 것도 잊고 모여들었다. 그래서 펑 하고 튀겼을 때 자루 밖으로 튀어나온 튀밥을 한주먹씩 얻어먹었다. 튀밥 인심은 후하기도 해서 튀밥자루를 메고 가는 사람을 고샅에서 만나면 한움큼씩 주기도 했다. 펑 할 때마다 자루에 구멍이 뚫려 퐁 솟아올라오는 하얀 튀밥을 받아먹거나 주워먹는 일은 재미 이상의 재미였다. 그렇게 몇번 손으로 받아먹다가 나는 꾀가 났다. 소쿠리를 대면 손보다 많이 받을 것 같아 집에서 큰 소쿠리를 가져와 퐁 올라간 튀밥을 보고 얼른 갖다 대니 금세 우수수 강냉이 튀밥이 깔렸다. 신나는 일이었다. 이젠 좀더 가까이서 받아먹으려고 나는 튀밥 튀는 철망자루 옆에 바짝 다가갔다. 아이들을 둘러보았다. 다음은 내 차례다 하고 아이들이 서로 선두를 다투고 있었다. 그때 펑 하는 소리와 함께 김이 자욱하게 나를 감쌌다. 순간 어떤 뜨거운 기운이 확 내 정강이에 닿았다. 나는 엉겁결에 소쿠리도 팽개친 채 "아이구 뜨거" 하며 정강이에 손과 눈이 동시에 갔다. 정강이께가 화상을 입어 무릎 아래가 모두 화끈거렸다. 폴짝폴짝 뛰었다. 사람들이 처음엔 웃다가 정색을 하며 모여들었다. 겁나게 데어버린 것이다. 나는 집으로 실려갔다. 헛청에서 삼을 삼던 어머니가 달려나와 내 다리를 보더니 질겁을 하고 얼른 동이에 구정물을 가득 담아오더니 거기에 내 덴 다리를 푹 담가버렸다. 나는 "뜨거, 앗 뜨거" 하며 울었다. 나의 그런 꼴을 바라보고 있던 어머니는 "아나, 또 그래라. 아나, 또 그래라" 하며 내 머리를 쥐어박았다. 그래도 안되었다 싶었던지 어머니는 움직이지 못하는 내게 보리튀밥을 한바가지 가져다주었다. 그걸 먹고 체해서 나는 그날 이중으로 고생을 했다.

중학생이 된 첫해 여름방학은 그야말로 떡이 되고 말았다. 방학 이튿날부터 나는 약을 처바른 한쪽 다리를 절뚝이며 아침부터 정자나무에 나가 저녁때까지 물만 바라보아야 했다. 분하고 억울하고 화딱지가 솟구쳤지만 자업자득이었다. 누굴 원망하겠는가. 아이들은 아침부터 강에 나가 코앞에서 물놀이를 하고 고기를 잡으며 놀았다. 아, 그해 더위는 유난했다. 방학이

142

끝날 때쯤 해서야 내 정강이엔 딱지가 지고 허연 흉터를 드러냈다.

튀밥만 보면 나는 그해 여름이 생각나서 고개가 절로 흔들어진다. 아내가 내 흉터에 대해서 몇번이나 물어보았지만 대답을 안 하다가 살 만큼 산 다음에 그 이야기를 했더니 어찌나 놀리고 웃던지, "그때부터 그렇게 장난꾸러기였구만인……" 하며. 이따금 민세, 민해가 내 흉터에 대해서 물어보지만 나는 그냥 데었다고만 한다.

어떤 사주쟁이가 내 사주를 볼 때 "몸 어딘가에 큰 흉터가 있구만" 해서 나를 놀라게 했지만, 우리 또래의 나이에 몸에 흉터 없는 사람이 어디 있으랴. 나는 오른손보다 왼손에 흉터가 더 많다. 용조형은 왼손잡이기 때문에 왼손보다 오른손에 흉터가 더 많다. 모두 꼴 베다가 낫에 베인 상처 자국이다. 동네에서 손에 상처가 제일 많은 사람은 한수형님이다. 그 형님 손은 성한 데가 한군데도 없이 온통 흉터투성이이다. 위대한 인간의 손이다. 그렇다고 내 다리가 위대한 다리라는 말은 절대로 아니다.

기왕이면 간짓대로 다 털어가버려라

　동네 사람들은 그분을 '최샌' 또는 '최새완'이라고 불렀다. '최샌'이라고 할 때는 그를 낮추려는 심보이고, 그에 대한 예의를 갖추고자 할 때는 '최새완'이라고 불렀다. 지금은 김포에 살고 있는 그분의 함자를 나는 아직 알지 못한다. 우리들은 그분을 '쌍둥이 아부지'라고 부르곤 했다. 그분의 외아들인 최명현이가 쌍둥이였던 것이다.

　그분은 딸만 내리 넷이다가 나중에야 아들 명현이를 낳았다. 큰따님은 나의 작은어머니가 되셨고 정남이 누나는 나와 동기 동창이지만 나이는 서너살쯤 위였다. 우리 동네에서 여자로서는 최초로 초등학교를 정식으로 졸업한 정남이 누나는 눈이 크고 공부도 늘 1등이었다. 그와 우리는 사돈간이지만 우리들은 그냥 누나라고 불렀다.

144

최새완은 힘이 장사였다. 우리가 초등학교 다닐 무렵 비탈진 산을 잘 오르내리며 산판한 나무들을 실어내가는 GMC라는 힘 센 군용차가 있었다. 그때 나무를 차에 실어주는 일을 '쓰미'라 고 했는데 최새완은 이 일에서 대단한 힘을 발휘하셨다. 제일 큰 나무토막은 항상 그분 차지였다. 두꺼운 베조각을 댄 한쪽 어깨에 큰 나무토막을 메고 차에 올라 부리는 모습은 대단했 다. 최새완은 혼자서 나무를 한 차 가득 실어주고는 얼마씩 돈 을 받았다. 몸집은 그리 크지 않았고 키도 작은 편이었는데 힘 이 어디서 나오는지 쓰미를 할 때 사람들은 그를 '최장사'라고 했다.

그는 진메마을 태생이 아니고 어딘가에서 이사와 자리를 잡 고 살았다. 오기가 많고 고집이 센 편이어서 누구에게도 지질 않았다.

그는 홀로 이사와 살면서도 부지런히 일을 한 탓에 산도 사고 논도 사고 밭도 샀다. 그의 산은 집에서 마주 보이는 강 건너 앞산에 있다. 45도쯤 비탈진 산에 밤나무를 잘 가꾸었다. 그 집 밤 때문만은 아니고 밤이 익을 무렵엔 늘 밤으로 말미암아 말썽이 일어나서 동네가 아침부터 시끄러웠다.

진메마을엔 밤나무와 감나무가 많았다. 밤과 감은 진메마을 사람들에게는 살림에 보탬이 되는 짭짤한 수입원이었고 군것질 할 게 없는 아이들에게는 주전부리감이 되어주었다. 우리들이 초등학교 다닐 때 밤을 주워 모아 팔아서 수학여행 비용에 보탰 을 정도로 밤은 아이들의 유일한 용돈거리이기도 했다. 가을이 되면 옷에 감물·밤물이 안 든 아이가 없었다. 옷에 든 감물이

나 밤물은 아무리 삶아 빨아도 빠지지 않았다.

동네에서 제일 처음 밤송이가 벌어 밤알이 붉게 보이는 밤나무는 복두네 뒤안에 있었다. 그 밤은 꼭 추석 안에 익었다. 일찍 익은 밤이 아이들의 집중적인 표적이 되는 것은 너무나도 당연한 일이었다. 아이들은 모두 기다리고 있었거나 한 듯이 그 밤이 익기 바쁘게 복두네 몰래 돌을 던져 털었다. 사람들은 동네 고샅에서 밤껍질을 보고는 "아하, 복두네 밤이 벌써 익었구나" 하며 밤이 익어가고 추석이 가까워져오고 있음을 실감했다. 고샅에 밤껍질이 비치기 시작하기가 바쁘게 복두네 아버지는 밤을 털어서 일찍 장에 내다 팔아버렸다. 그리고 추석이 지나면 이제 곳곳에서 올밤들이 벌겋게 익어 벌어지기 시작했다.

마을 앞에 강이 있기 때문에 진메마을엔 봄 가을로 안개 끼는 날이 많았다. 안개가 짙게 끼는 날이면 아침 열시가 넘어도 안개가 걷히질 않았다. 이런 날 아침이면 동네 곳곳에서 고함소리가 메아리를 이루어냈다. 칙칙한 안개 속에서 누군가 주인 몰래 밤을 털어가고 주워가기 때문이다.

안개가 낀 날 아이들은 부모보다 더 일찍 잠에서 깨어났다. 어둑어둑 신발이 잘 보이지 않을 때 일어나 신발주머니만한 보자기들을 들고 뒷산으로 슬슬 밤을 주으러 간다. 밤나무밭 밑에는 신발을 덮을 정도로 풀이 자라 있지만 간밤에 빠진 알밤은 잘도 보였다. 어떨 때는 누군가가 밤을 털어놓고 미처 못 주워 간 밤나무 밑에서 두근 세근 뛰는 가슴을 진정하며 주머니를 가득 채워가기도 했다. 그러나 그런 날은 자다가 떡 얻어먹기로 드물었다.

아이들은 밤나무 주인들이 밤을 다 털어간 늦가을에야 마음 놓고 아무 밤나무 밑에서나 밤을 주울 수 있었다. 같은 밤나무에서도 늦게 익는 밤이 있고, 또 너무 늦밤이어서 주인이 아예 포기한 밤나무도 있었다.

아이들이 알밤 줍기를 가장 노리는 때는 비가 많이 온 날이나 태풍이 지나간 후이다. 그땐 정말 아무 밤나무 밑에 가도 붉은 밤이 수북이 떨어져 있었다. 정신없이 줍고 있다가 주인한테 들켜 후닥닥 도망치는 일이 한두번이 아니지만 그 일을 동네 안에까지 끌어들여 말썽을 일으키는 밤나무 주인은 거의 없었다. 들키면 그 자리에서 조금 혼을 내고 말았던 것이다.

밤이 한창 익을 무렵 비가 많이 와 물이 불면 진메 사람들은 강을 건너지 못했다. 그 틈을 이용해서 강 건너 윗동네인 물우리 청년들이 밤을 주우러 온다. 그들은 마을 사람들이 발을 동동 구르며 고함을 쳐도 실실 웃으며 어슬렁어슬렁 밤을 주웠다. 이웃마을 누구누군지 너무나 뻔히 아는 얼굴이지만 강물 때문에 속수무책이었던 것이다. 밤을 양껏 주운 청년들이 자루를 들쳐메고 노래를 부르며 강길을 가던 모습이 지금도 눈에 선하다. 생각만 해도 재미있는 광경이었다. 그렇다고 물이 빠진 후에 그 일을 문제 삼는 사람은 아무도 없었다. 저잣거리에서 만나면 서로 허허 웃고 말았던 것이다.

그런데 유독 밤철이 되면 큰소리로 앞산을 쩌렁쩌렁 울리게 하는 사람이 있었으니 그분이 최새완, 즉 쌍둥이 아버지였다. 그 집의 밤나무는 강 건너 우리 밭 옆에 있었다. 밤이 많이 열리기도 했다. 게다가 관리도 허술하니까 자연히 아이들의 표적이 되기 마련이다.

　어느날이었다. 우리 조무래기들은 그 집 식구들이 우골 깊숙한 다랑논으로 일 나간 것을 알아내었다. 학교에서 돌아온 우리들은 앞산 우리 밭가에서 알밤을 줍는 척하다가 슬슬 쌍둥이네 밤나무 숲속으로 잠입하여 밤을 줍기 시작했다. 아무 밤나무나 발로 쿵쿵 차면 알밤이 후드득 떨어져 금방 밤나무 밑이 벌겠다. 신이 난 우리들은 서서히 행동이 대담해졌다. 아이들은 숫제 밤나무에 올라가 밤이 많이 달린 나뭇가지를 흔들기까지 했다. 키득키득 낄낄 웃으며 한창 신명이 나 있을 때였다. 커다란 고함소리 한번에 우리들은 줍던 밤을 주먹에 쥔 채 강 건너 마을을 바라다보았다. 뒷산 그늘이 서늘히 내려와 있고 마을 앞 텃논엔 노란 햇살이 눈부시게 부서지고 있었다. 강물은 참으로 눈이 부셔서 바라볼 수가 없었다. 아름답고 황홀한 가을의 정경이 절정을 이루고 있었다. 단풍물이 든 느티나무 잎이 샛노랗게 햇살을 받고 있었다. 강 건너 초가 마을을 어리벙벙히 바라보고 있는데 또 한번의 고함소리가 벽력같이 앞산의 가을을 깨뜨렸다. 우리들은 일제히 쌍둥이네 집 앞을 바라보았다. 아, 거기 우골로 일 나가신 줄만 알았던 쌍둥이 아버지가 손에 무엇인가를 들고 우리를 향해 고함을 치고 있었던 것이다. 우리들은 밑도 끝도 계산도 없이 산 위로 튀었다. 한참 도망가다 숨이 차기도 하고 또 그 어른이 여기까지 쫓아오지 않을 것 같아 그냥 아무데나 주저앉았다. 헉헉 숨을 몰아쉬며 강 건너 쌍둥이네 집 앞을 바라보았다. 그런데 그 어른은 보이지 않고 산그늘과 집그늘만 텃논 중앙까지 내려와 서늘해 보였다.

맘을 턱 놓고 있는데 느닷없이 또 큰소리가 강을 울리며 건너왔
다.

"기왕이면 간짓대 갖고 다 털어가뿌리라."

부아를 삭이며 일터로 다시 향하던 쌍둥이 아버지가 우리들
에게 소리치던 말이었다. 우리들은 킥킥 웃었다.

"그려, 간짓대로 다 털어가불끄나."

누군가 그렇게 말했지만 어느 누구도 그 집 밤을 다시 주으러
가지는 않았다. 우리들은 해가 지는 강을 건너 생밤을 까먹으
며 집으로 돌아왔다. 그후 동네에서 누가 남의 집 감을 따거나
밤을 하나라도 주워 먹을라 치면 사람들은 웃으며 "기왕이면 간
짓대 갖고 다 털어가뿌리라" 하며 웃곤 했다.

이제 동네에 가을이 와도 산은 적막하다. 따지 못한 감들이
동네 구석구석에서 곯고 썩어 떨어지고 밤나무 밑은 풀들이 우
거져 사람의 발길을 막고 있다. 누가 와서 저 붉은 밤알들을 주
워 안개 속에서 두런두런 돌아오랴. 누가 강 건너 밤나무밭에
다 대고 '기왕이면 간짓대로 다 털어가버리라'고 고함을 지르며
들로 나가랴.

아, 그리운 월파정!

　누구에게나 이제는 가닿을 수 없는 청춘시절의 강가에 달빛 머금은 서늘한 풀밭이 있다. 누구에게나 이제는 돌아갈 수 없는 푸른 보리밭 같은 그리움이 있다. 거기에는 전설 같은 것이 깃들여 있어 언제라도 열면 그리움으로 아스라히 다가오는 그림들이 있다. 푸른 이마, 싱싱한 어깨, 억센 주먹, 거침없는 발길들…… 인생의 복판에 들어서기 전의 치기만만한 배짱이 있으며 아무곳에나 막힘없이 밀고 들어가서 부딪치고 부서지는 눈부심이 있다. 그리고 그 싱싱함과 푸르름 뒤에 도사린 외로움과 고독, 인생에 대한 허무와 두려움, 사랑을 향한 열정들이 있다. 푸른 새벽 산등성 같은 신선함이 누구에겐들 없으랴.

　월파정! 월파정이란 말을 들으면 가슴 설레는 아스라한 추억의 토막들이 머리를 스쳐지나간다. 특히 물우리, 중원, 일중리, 암치, 장산리에서 살았던, 거기서 청춘시절을 보냈던 사람들에겐 달빛 아래 반짝이는 푸른 물결이 가슴에 일 것이다. 푸른 솔밭, 이슬을 머금은 푸른 잔디, 서리가 내린 노란 잔디 그리고 둥그런 무덤 들이 생각나리라. 거기는 모닥불같이 따뜻한 청춘의 우정과 사랑이 서려 있던 곳이다.

월파정은 물우리 동네의 남쪽에 있는 평평한 동산이다. 이 동산은 섬진강을 향해 비스듬히 뻗어가다 우뚝 멈추고 낭떠러지를 만들어내는데 그 아래가 이 근방에서 물이 깊기로 유명한 '가마소'이다. 그 낭떠러지에 아름드리 소나무들이 특유의 멋과 예스러운 풍광을 만들어 강물에 짙은 그림자를 드리운다. (이 근방 사람 치고 그 소나무에 기대어 찍은 사진 한장 없는 사람은 되게 별볼일 없이 청춘을 보낸 사람일 것이다.) 그 소나무 숲 속에 멋들어진 정자가 하나 있으니 그게 바로 '월파정'이다.

월파정은 먼 데서 보면 날아갈 듯하다. 이 나라의 많은 정자들이 다 그렇듯이 월파정도 강굽이 언덕에 있다. 월파정의 주인인 물우리 밀양 박씨들은 이 정자에서 시제를 지낸다. 그래서 사람들은 월파정을 물우리 제각이라고도 한다. 이 제각 앞 소나무숲 속에 벚나무 두어 그루가 있는데 벚꽃이 필 땐 이 근방의 청춘남녀들이 이 꽃그늘 아래로 다 모여들어 꽃놀이를 했다. 창경원의 벚꽃놀이나 진해 군항제처럼 공개된 놀이가 아니고 쉬쉬 달빛 뒤에 숨어 서너 동네 총각처녀들이 모여들어 소나무숲에 떨어진 달빛을 어깨에 받으며 노래하고 트위스트, 맘보춤을 추며 놀았던 것이다. 벚꽃이 필 때면 해마다 꼭 둥근달이 환하게 떠오르곤 했다.

　월파정은 봄부터 일년 내내 우리들의 놀이터였다. 눈곱만한 꼬투리가 있어도 우린 늘 이곳으로 막걸리통을 메고 꾸역꾸역 모여들었다. 막걸리가 잘 팔리던 60년대 후반부터 70년대 초까지 누가 군대를 가거나 집에서는 거들떠보지도 않는 생일이 돌아오면 우리들은 월파정에 모여서 송별회도 갖고 축하도 해주었다. 방학이 시작되면 모였고 방학이 끝날 즈음도 여기서 모였다. 이렇게 젊은이들이 모여드니 월파정 옆에 어떤 사람이 초가를 짓고 술을 팔았다. 그런데 작대기같이 뻣뻣한 남자들만 놀면 무슨 재미가 있겠는가. 그래서 꼭 여자들을 불렀다. 여자들이래야 가까운 사돈이나 사촌친구 동생들이 대부분이었다. 그래도 얼마나 좋았던가. 아름답고 수려한 달빛과 싱싱한 젊음, 까발릴 수 없는 감정들이 녹녹하게 녹아들곤 했다.

　나도 월파정에서 부서지는 달빛 아래 첫 입맞춤을 했다. 그녀는 달빛이 새드는 소나무에 기대어 서 있었고 나는 그녀에게 다가가 그 어색한 입맞춤을 했다. 멀고 아득한 기억의 저편에서 떠오르는 그 소녀도 아마 첫 입맞춤이었으리라. 덤덤한 것도 같고 섭찟한 것도 같은 그러나 따뜻했던 그 어색한 입맞춤의 소녀는 열여덟이고 나는 열아홉살이었다. 세상이 다 캄캄해지는 것 같던 첫 입맞춤을 누군들 잊으랴. 월파정은 그렇게 우리들에게 첫사랑의 기억을 갖게 해준 푸른 잔디밭이었던 것이다.

　그렇다고 월파정이 달콤한 기억만 남겨준 곳은 아니었다. 월파정엔 늘 사람들이 들끓었다. 이 근방의 어른들은 물론이고 순창이나 임실, 청웅, 강진에서 많이들 놀러왔다. 사람이 끊이

청춘시절 월파정에서의 필자(1969).

지 않으니 노랫소리 장구소리가 그치지 않았다. 싸움이 벌어져
도 월파정엔 무기가 될 만한 돌이 없어서 좋았다. 오직 주먹질
이나 발길질뿐이었던 것이다. 그래서 큰 상처가 나거나 지서에
끌려가는 큰 싸움은 별로 없었다. 물론 월파정의 주인공들은
물우리 찬수, 승채, 진메 용조형, 용식이, 복두, 나, 윤환이,
재홍이였다. 우리들이 월파정에 다다르면 다른 패들은 슬슬 피
해가기 마련이었다.

지금도 덕치초등학교 교실에서 나는 이 월파정을 바라보고
있다. 이따금씩 월파정을 보노라면 오만가지 생각과 일들이 주
마등처럼 스쳐지나간다. 관광버스가 등장하고부터 사람들의 발
길이 끊기고 그 소나무숲 아래 푸른 물결도 쓸쓸하게 되었을 것
이다. 동네에 젊은이들이 없으니 밤에 소나무 그늘에 앉아 사
랑을 나누는 이가 있겠는가. 앞마을에 '순이' 뒷마을에 '용팔이'

가 없는 것이다. 지금도 여름철이면 텐트를 가지고 찾아오는 젊은이들이 있지만 우리들의 축제가 날마다 열리던 곳엔 우북한 풀들만 자라나고 있다.

　젊은 청춘들의 발길이 끊긴 월파정 아래 지금도 밤이면 흐르는 물에 달빛만 황홀하게 부서진다. 세월도 가고 청춘도 가고, 그때 거기서 온몸으로 몸부림치던 젊음들이 이제 50대에 접어들었다. 가거라 강물아, 월파정에 부서진 달빛아, 나 혼자 그 아래 지금도 있다네. 그 푸른 어깨와 힘센 손짓들은 없고 푸른 솔만 달빛에 젖는다네. 아 지금도 내 몸 안에서 식지 않은 것이 있다네. 그 젊은 몸짓들이 있다네. 더러 죽고 흩어지고 고단한 삶을 사는 내 벗들은 지금 저 도시의 휘황한 불빛 아래 무슨 생각을 하며 살고 있을꼬. 찬수, 승채, 용조형, 윤환이, 재홍이, 복두, 죽은 용식이——월파정을 향해 고함을 지르며 금방이라도 달빛을 차며 환하게 달려들 것만 같은 내 벗들. 아름다운 동무들. 그리고 지금은 늙어 이따금 명절 때나 만나는 그 청순했던 소녀들. 월파정은 말이 없네.

제 3 부

그 사랑방을 아시나요

　진메마을 사랑방은 우리 집 뒷집 성만이양반네 쇠죽방이었다. 성만이양반네 집은 똥통이 무지막지 깊고 넓었다. 오줌통 또한 엄청나게 큰 항아리였다. 성만이양반, 그러니까 내 친구 응녕이네 집은 동네에서 제일 부자였다. 대문간 왼쪽 끝에 똥통이 있고 오른쪽에 가로로 자리잡은 한채에 사랑방과 외양간과 헛간이 있다. 헛간 앞에 그 유명한 오줌통이 있었다.

　그 집 샘 위엔 동네에 하나밖에 없는 큰 수시감나무가 있었는데 감이 크고 납작했다. 무지무지 달아서 우리들에게 서리의 표적이 되었던 그 홍시를 어머니는 아침 샘길에서 꼭 몇개씩 주워오시곤 했다. 어쩌다 그 감나무 밑을 지나다 풀숲에 떨어져 있는 홍시를 발견하는 기쁨이란 참으로 가슴 뛰는 일 중의 하나였다. 풀잎 뒤의 그 붉은 감은 보기만 해도 가슴이 서늘했다.

홍시는 아기들의 설사를 그치게 하는 약으로도 쓰였다.

그 집에 '일구지댁'이라 불리는 할머니가 계셨다. 우리 큰집 할머니와 함께 동네에서 아무 거리낌없이 무슨 욕이든 하는 허가(?) 받은 '욕쟁이 할매'로 통한다. 그 집에 강천이라는 친척 (할머니와 사돈간)이 머슴을 살았다. 마을의 다른 이들은 나무 하러 가서 올가미로 토끼를 잘도 잡아오는데 이 양반은 허구한 날 올가미만 만들지 토끼 한 마리 잡아오는 적이 없었단다. 어느날 양지쪽에 앉아 또 올가미를 만들고 있는 이 양반을 본 그 할머니가 그것이 토끼 올가미인 줄 뻔히 알면서도 "어 사둔양반, 시방 뭣 허쇼" 하니까 "퇴깽이 목매 맹글고만이라우" 하더란다. 그러니까 할머니가 얼굴을 그 양반 가까이 들이댔다가 돌아서면서 "퇴깽이 좆이나 빨소" 했다는 이야기는 너무나 유명해서, 그후 누가 동네에서 토끼 올가미 놓으러 가면 꼭 그 농담을 들춰내곤 했다.

사랑방은 여름철에는 거의 휴업(?) 상태였다. 뜨거운 여름날 푹푹 찌는 쇠죽방에서 누가 잠을 자겠는가. 가을철이 돌아오고 집집에 짚이 나야 사람들도 짚을 다듬어 물에 담가두었다가 부드러워지면 한뭇씩 가지고 하나둘 "흐흠, 흐흠" 헛기침을 하며 밤인사들을 하며 희미한 등잔 아래로 모여들었다. 망태도 만들고, 덕석도 만들고, 맷방석도 만들고, 꼴모꾸리, 재소쿠리, 짚신들도 만들었다. 좁은 방에서 어떻게 그 많은 사람들이 모여 살림도구들을 만드는지 참으로 신기할 정도였다.

사랑방 한쪽 구석엔 수숫대로 엮은 통가리에 고구마가 담겨 있고 실겅과 벽엔 언제나 장구·징·고깔 들이 있으며 동네 사람들의 메주도 걸려 있었다. 그 메주에 얼마나 담배냄새, 발냄새가 스며들었을까. 사람들이 조금씩 뜯어먹기도 해서 성한놈이 없었던 그 메주로 담근 간장·된장을 우리들은 먹었던 것이다.

사랑방엔 늘 밤참이 떨어지지 않았다. 겨울철 내내 밤참을 대야 했던 응녕이 어머니는 마음 씀씀이가 무던하고 요량이 있어서인지 고구마에다 싱건지, 때로는 무를 소쿠리째 들여놓기도 했다. 어떨 때는 서리를 해다가 밤참을 먹기도 하고 벽에 적힌 순서대로 제삿집을 찾아가 단자를 통해 해결하기도 했다. 사랑방의 서리는 망태나 덕석 만들기를 배우는 청년들이 하기 때문에 손이 컸고 배짱껏 남의 집 닭이나 홍시, 곶감, 싱건지, 배추, 무 들을 가져왔다. 하지만 아무도 집에서 없어진 그 서릿감에 대해 이러쿵저러쿵 왈가왈부하지 않았다. 그것은 도둑질이 아닌 통용된 서리였던 것이다.

단자는 유일하게 기다려지는 겨울밤 행사였다. 단자가 있는 날은 어머니들도 끼리끼리 모이고 청년과 처녀와 조무래기들도 끼리끼리 모였다. 뉘 집 제사가 언제인지 제일 잘 아는 분은 우리 어머니였다. 우리 어머니는 제삿날뿐 아니라 동네 아이들 돌, 생일 등까지 죽 꿰고 계셨다. 놀라운 기억력이다. 바빠서 자기집 제삿날을 잊고 있던 어느 아주머니가 우리 집 앞을 지나갈 때 어머니께서 "어이 안촌댁, 내일 저녁 단자 갈게잉" 하시면 화들짝 놀라는 일이 많았다.

끼리끼리 모여 초저녁부터 잔뜩 기다리고 기다리다 제사 시간이 지나면 큰 소쿠리를 들고 사람들은 제삿집을 향했다. 단

자 가지러 가는 사람을 민화투를 쳐서 정할 때가 많았다. 단자
꾼이 담 너머로 마루나 마당을 향해 소쿠리를 휙 던지며 “단자
요” 하고 소리를 지르면 주인이 나와 소쿠리에 떡이나 나물가지
들을 되는 대로 담아 마루에 내놓으면 가져왔다. 겨울철에 제
사가 든 집은 떡을 많이 하고 콩나물도 많이 길러야 했다. 제일
푸짐한 게 콩나물과 떡이었다.

　단자 배급(?) 순서는 당연히 어른들이 먼저였다. 사랑방으로
갈 단자는 단자꾼 혼자 가져가지 않고 그 집 식구 중 누군가와
꼭 동행했다. 엄중했던 것이다. 행여 홀대를 했다간 두고두고
마음이 여간 편치 못했던 것이다. 어른들께는 떡과 나물가지,
식혜 따위를 골고루 나누어드리고, 당연히 술도 양동이나 동이
로 가져갔다. 그리고 동네 아주머니나 조무래기, 처녀 들은 적
당히 대했으며 가난한 집에서는 사랑방에만 단자를 보냈다. 단
자를 한번 갔다 먹고 또 가는 장난을 치기도 했는데 늘 들통이
나서 단자 소쿠리가 담 너머로 되날아오기 마련이었다.

　사람들은 출출한 배를 그렇게 채우고 긴긴 겨울밤을 사랑방
에서 이런저런 살림도구들을 만들며 재담을 하고 때론 싸움을
하다 이리저리 쓰러져 배를 득득 긁으며 코를 골며 잠을 잤다.
담배냄새, 머리냄새, 메주냄새, 발고린내, 몸냄새 등이 뒤엉킨
그 묘한, 그러나 정겨운 냄새를 당신들은 기억하는지. 그리운
방, 이제 다시는 돌아가 앉을 수 없는 먼 기억 속의 그 냄새.
코끝을 스치는 고향 냄새를 이제 허물어진 그 사랑방 자리에 서
서 나는 먼 하늘 끝에서나 맞는다.

　그 집 사랑방의 커다란 오줌통에는 늘 개가죽과 노루가죽이

160

담가져 있었다. 개가죽으로는 장구 열채를, 노루가죽으로는 궁글채를 만들었다. 설이 돌아오기 훨씬 전부터 사랑방에선 서서히 설을 준비했다. 토끼가죽과 밑빠진 쳇바퀴로 소고를 만들고 굿띠와 고깔을 새로 만들었다.

사랑방은 참 좋은 '방'이었다. 마누라와 싸우고 나와 속상한 마음을 어영부영 뒤섞는 곳이요, 자잘한 살림용구 만드는 것을 배우는 곳이요, 배고픔을 덜어주는 곳이었다. 사는 게 괴로워 모로 누워 담배를 뻑뻑 피우며 멀뚱멀뚱 벽바라기를 하고 있으면 동무들이 부러 우스운 이야기로 맘을 풀어주어 다시 동무들 쪽으로 돌아눕게 해주는 푸근한 곳이었다. 가슴 깊이 정이 들 대로 든 동무들, 온갖 놀이와 일을 통해 평생을 살 비비며 마음 섞으며 사는 곳, 고린내 나는 발이 코끝에 닿아도 코를 쿨쿨 골며 잠잘 수 있는 곳, 아무렇게나 눕고 아무때나 일어나 앉아 담배를 피워도 되는 곳, 담배가 떨어져도 걱정이 없는 곳이었다. 사나이들의 냄새가 진동하는 일종의 안식처였으며 맘껏 자유를 누릴 수 있는 해방구였다. 언제 들어가도 편안하고 안심이 되는 곳, 구석마다 만들다 만 망태며 짚소쿠리들이 세워져 있고 뭉쳐둔 지푸라기가 수북한 방, 문턱이나 목침엔 성한 곳이 없이 담뱃불 자국이 나 있는 정겨운 방, 지나가는 나그네가 한쪽 구석에 앉아 있다가 그냥 잠을 자고 아침밥을 얻어먹고 가던 사랑방은 이제 농촌의 모든 변화와 함께 사라졌다. 세상에 벌어지는 일들이 어디 저 홀로만 진행되는 것이 있는가. 사랑방이 없어지면서 농촌 인구는 극심한 이동이 시작되었다.

응녕이네집 사랑방이 없어진 후 마을에 회관이 지어졌다. 초창기의 마을회관은 말 그대로 회의만 하는 곳이었다. 관의 강력한 후원과 방침에 의거, 모든 정부의 시책이 회의와 앰프를 통해 강력히 하달되고, 지시되고, 규제되고, 통제되고, 공포심을 조장하는 군사독재의 막강한 힘의 상징이 되었다. 농민들 스스로 오랜 세월 동안 만들어오던 문화가 깡그리 무시되고 단시간 내에 어떤 것이 주입되었다. 그것은 무서운 일이었다. 이의가 없이 명령에 의해 이루어졌다. 농민들 스스로 마을 일을 하는 것은 하나도 없었다. 회관에 모이자는 방송은 늘 사람들의 마음을 어둡고 불안하게 했다.

권력의 촉수는 가난하고 힘없는 농촌 마을의 희미한 30촉 전등 아래 예리하게 파고들어 그들의 평화를 마음놓고 유린했다. 회의가 있는 날이 아니면 사람들은 마을회관에 가지 않았다. 의자와 책상이 놓이고 70년대, 80년대, 90년대, 2000년대의 화려한 장밋빛 차트와 짜임새있는 마을 조감도와 미래상이 회관 벽을 차지하고 있어도 사람들은 거기 가지 않았다. 마을에 일이 있을 때 회관 마당에 천막이 쳐지고, 부녀회에서 온갖 정성을 들여 음식을 장만하고, 이장 목에 어색한 넥타이가 매지면 그 차일 아래 면장, 지서장, 우체국장, 군수와 국회의원 들이 찾아와 온갖 구호와 공약을 외쳐댔지만 갈수록 회관은 낡아가고 초라해지기만 했다. 그들의 말이 화려해질수록 농민들의 몰골은 더욱 초라해졌으며 마을은 텅텅 비어갔다. 그리고 회관은 방치되어가기 시작했다. 문짝이 떨어져나가 염소새끼들이 들랑거리고 쥐들의 천국이 되었으며, 차트와 화려한 미래상도 너덜너덜 떨어지고 책상과 의자들도 부서지고 온갖 장부들도

162

어디론가 사라져버렸다. 이따금 동네 누구네 제사이니 아침과 술을 잡수시러 오라는 방송이 나갈 뿐이며, 태환이형이 술을 먹고 오밤중에 느닷없이 "구름도 울고 넘는……" 노래나 부르는 데에 불과했다.

농민들 특유의 느긋함과 기다림, 새로운 것에 대한 경계심, 무사태평한 생활태도 등을 무시한 채 관주도에 의해 일사천리로 진행된 공포의 '통치망'은 그리하여 그 막을 내려버렸다. 밤이면 귀신 나오게 생긴 시커먼 흉가만 한채 늘어나버린 것이다.

오랫동안 지키며 가꾸어온 사랑방 문화는 걷잡을 수 없는 혼란과 두려움 속에 단 몇년 만에 무너져버렸다. 그와 함께 농촌·농민도 '단군 이래……' 어쩌구 좋아하는 사람들에 의해 그야말로 단군 이래 최악의 상태를 맞이하고 만 것이다.

사람들이 떠나고 마을이 텅텅 비어갔다. 집들은 허물어지고 뜯겨지고 무너져갔다. 오늘날 농촌 집에 어머니와 아버지가 살아 계시다 해도 이제 옛날의 집이 아니다. 처마끝까지 블록으로 넓히고 부엌은 입식이 되었다. 썰렁하고 싸늘한 알루미늄 창틀에 희뿌연 유리창이 달렸다. 메주가 잘 뜨던 흙벽, 여름에 등을 기대면 서늘하고 겨울에 등을 기대면 따뜻했던 흙벽은 차갑고 섬뜩한 시멘트 벽으로 바뀌었다. 여름철에 일하고 돌아와 웃통을 벗고 드러누우면 서늘하던 마루는 뜯겨지고 그 자리에 끈적끈적한 비닐장판이 깔려졌다. 겨울철 마루에까지 쌓인 눈을 쓸던 기억이 없는 사람은 없을 것이다. 겨울철 아기를 업고 바늘로 창호지 문을 뚫고 펑펑 쏟아지던 눈송이를 본 기억이 있을 것이다. 손가락에 침을 발라 살짝이 밀어 문구멍을 뚫고 거기로 밖을 내다보던 당신들은 알리라. 문을 열고 마루에 서서 오줌발 멀리 가기 시합을 했던 기억 또한 어제처럼 생생하리라.

그 마루와 방과 부엌들이 사라지고 낮이고 밤이고 불을 켜야 하는 어둡고 침침한 방이 생겨난 것이다. 이제 설이나 추석이나 휴가철에 아들딸들의 휴식처로 별장처럼 돼버린 집들을 보면 답답하고 갑갑하다. 한없이 개방적이어서 비와 눈과 바람과 햇빛이 그대로 넘나들던 마루와 방이 사라진 농촌의 집들은 이제 폐쇄적으로 변모됐으며 자연경관과도 유리되어 어색하기만 하다.

군인들이 정치를 하는 나라는 모든 게 군대식이었다. 학교 공문서도 아이들 조회시간도 기합도 모두 군대식이었다. 초등학교 2학년만 되면 갓 제대해 군대물로 범벅된 선생들이 아이들에게 군기가 빠졌다며 토끼뜀, 원산폭격, 선착순 등 군대식으로 기합을 주었다. 그러다 보니 마을회관도 군대 막사처럼 급히 후닥닥 지어졌다.

한때 마을회관은 새마을정신과는 아주 거리가 먼 곳이었다. 회관 마당에서 늘 왁자지껄 윷판이 벌어지고 술먹고 싸움을 했다. 회관은 온통 불만 덩어리였던 것이다. 회관 구판장도 외상이 늘어나면서 사람들이 점점 줄어들기 시작하여 나중에는 아이들까지 없어지자 싸구려 과자들이 뿌연 먼지를 뒤집어쓰고 나뒹굴더니 구판장 주인이 늘 술에 취해 마누라를 패고 싸우다가 끝장을 보고 이사를 가면서 회관은 완전히 폐쇄되어버렸다.

마치 농촌의 상징물처럼 각 동네 회관은 흉가가 되어 마을 복판을 차지한 것이다.

한때 진메마을 회관을 비롯한 근동 회관이 활기를 띤 적이 있다. 80년대 중반쯤 느닷없이 추석명절에 마을 노래자랑이 벌어지는 장소가 된 것이다. 그것은 희한한 하나의 사회적 현상이었다.

중고등학교 다니는 몇몇 아이들만 남아 농촌을 돌보고 있을 무렵이었다. 객지에 나가 있던 젊은이들이 그 무렵 설이나 추석엔 관광버스를 타고 모두 돌아왔었다. 집집에 한 사람도 빠짐없이 자식들이 돌아왔던 것이다. 도시로 나간 이들이 집 한 칸씩 장만하기 전이었다. 관광버스가 마을 느티나무 아래 울긋불긋 활기차고 기운차게 그들을 쏟아내었다. 그들은 손에 손에 보따리를 들고 아이들 손을 잡고 고샅으로 흩어져 들어갔다. 집집이 불들이 켜지고 마을이 되살아나기 시작했다.

마을에 돌아온 이들은 말 그대로 해방의 기쁨을 맛보며 강변과 마을을 휘젓고 다녔다. 얼마나 갑갑했으랴. 저 찌든 가난의 골목들, 풀 없고 나무 없는 먼지 나는 골목, 복잡한 거리, 고달픈 셋방살이…… 그리하여 아이들은 밤낮 강변을 쏘다녔던 것이다.

청년들은 해가 저물기 전에 마을회관 마루에 잇대어 무대를 만들었다. 한때 번성했던 면별 '콩쿨'대회를 이제 마을별로 벌였던 것이다. 상품을 사오고 마이크가 실험되었으며 부서진 책상을 손질하여 접수대가 만들어졌다. 회사금을 달아맬 종이도 새끼줄도 내걸렸다. 해가 지기 전 마을회관에서 마이크 소리가 온동네에 찌렁찌렁 울려퍼졌다. 집집이 음식을 장만하는 사람들에게 바람을 집어넣어 들뜨게 만들었다.

해가 지고 동산에 둥근 달이 떠오르면서 콩쿨대회는 시작되었다. 누구나 접수금만 내면 노래를 부를 수 있었다. 내가 심사위원이 되었으며 상은 마을의 지명을 따서 꽃밭등상, 노딧거리상, 벼락바위상, 찬샘상, 뱃마당상 등 가지가지였다. 나이든 아버지가 노래를 부르면 그 집 며느리 딸자식 할 것 없이 모두 무대에 올라가 회관 부근에 있던 코스모스나 무궁화꽃으로 만든 꽃다발을 목에 걸어주고 노래를 함께 불렀다. 아들이 부르고 손자가 부르고 며느리가 불렀다. 사람들은 회사금을 많이들 내었다. 상을 주고 청년들이 준비한 모닥불을 피우고 노래하고 춤을 추며 징 장구 소리가 울려퍼졌다. 큰 잔치마당이 벌어진 것이다. 술도 많았고 고기도 듬뿍 사다 국을 끓였다. 온동네 사람들이 그 시꺼먼 회관 마당에서 춤을 추며 밤을 새웠다. 한수형님 어머님, 순창 할머니, 아랫집 큰아버지의 춤추는 모습 등이 그대로 오윤의 판화가 되었다. 그것은 억압과 굴욕에서 벗어나려는 신명난 해방춤판이었다.

그러나 몇년이 지나자 언젠가부터 콩쿨대회도 시들해지고 방학이 되어도 추석이 되어도 설이 되어도 자식들은 이 핑계 저 핑계로 시골에 내려오지 않았다. 손자들은 방학때 과외수업을 해야 했고 이제 집칸도 장만하고 먹고 살 만해 차도 있으니 아무때나 한번 고향에 얼굴을 내밀고 그 황금 연휴는 '지들끼리' 지내게 된 것이다. 그리하여 회관은 또 시커멓고 외롭게 서 있게 되어 회관 방은 너덜너덜 벽지가 떨어지고 부엌은 허물어지고 앰프가 있는 사무실엔 빗물까지 새어들었다. 추석때 조금 나이든 사람들이나 찾아와 맥없이 윷놀이나 하다 달이 지기도 전에 어슬렁어슬렁 집에 들어가 텔레비전 앞에 쪼그려 앉아 남의 추석이나 구경하며 지냈다. 둥근달이 떠서 외롭게 졌다.

시골을 떠났던 사람들이 이제 결혼을 해서 제 자식들이 생긴 것이다. 옛날 콩쿨대회가 성행했을 때는 결혼한 사람이 별로 없었다. 이제 처자식과 제집에서 놀게 되고 처갓집도 가야 한다. 후딱후딱 추석이고 설이고 쇠고는 여기저기로 떠나버린다. 설이나 추석 때 그렇게 놀고 싸움하던 동네는 이제 적막강산이다. 그러면서 회관은 내 시야에서 사라져갔던 것이다.

그런데 그 회관이 살아나기 시작했다. 아무도 돌보지 않고 시키지 않았는데 동네 사람들 스스로 회관 큰방을 살려낸 것이다.

우리 집은 큰길가에 있는데 담이 낮아서 길을 지나가다 고개를 돌리면 큰방도 보이고 작은방도 보이고 부엌도 훤히 들여다 보인다. 겨울철을 빼놓고는 대개 부엌문을 열어놓고 밥을 먹거나 부침개를 부쳐먹는데 그러다가 집 앞을 지나는 동네 사람과 눈이 마주치면 그냥 지나갈 리도 없고 그냥 지나가게 둘 수도 없는 것이다. "일중리댁, 밥 좀 묵고 가지." "아제 진지 드셨다요." "인자 밥 묵으요." "다슬기국 좀 묵고 가시오." 인사가 오가다 슬그머니 들어오거나 인사 때문에 어쩔 수 없이 들어오거나 간에 들어오면 함께 먹는다. 조금 날씨가 추워서 문을 닫아놓고 먹으면 되레 궁금한 모양이다. 어쩌다 신발이 우리 식구보다 좀 많은가 싶으면 더욱 궁금한지 "이집 뭔 일 있다냐" 하며 들어온다. 그러다 보니 신발은 점점 불어나 금방 잔칫집이 되어버리기 십상인 것이다. 대개의 집들이 늘 이 모양이다. 요즘은 더욱더 그렇다. 집집이 한 명 아니면 두서너 명만 살다 보니 걸핏하면 몇집 식구가 모여 끼니를 때우게 된다.

굳은비 오는 여름날 오랜만에 아랫목에 누워 뒹굴다 보면 금방 배가 굴풋해지고 뭔가 허전해진다. 때마침 어느 집에선가 부침개를 부쳐먹느라 고소한 냄새가 낮은 연기를 따라 이 고샅 저 고샅으로 슬슬 퍼져나가기라도 하면, 그렇지 않아도 심심하던 차에 슬금슬금 그 냄새를 따라가보면 이미 신 벗어놓을 자리가 모자랄 정도로 사람들이 모여들곤 했다. 애호박을 따다가 납작하게 썰어서 부친 부침개나 매운 풋고추를 쫑쫑 썰어넣은 부침개나 콩잎·깻잎으로 부친 부침개로 굴풋한 배를 채우고 술까지 먹은 사람들은 뜨뜻해진 아랫목에 이리 눕고 저리 누워 파리가 그렇게 달라들어도 쉰 냄새를 풍풍 풍기며 늘어지게 잠들을 자다가 저녁밥 해야 할 시간, 쇠죽 끓여야 할 시간이 되어야 헤어지는 것이다.

봄철이고 여름철이고 가을철이고 간에 동네 사람들은 그냥 놀지 않고 무엇인가 먹으며 놀았다. 어쩌다 누군가 투망을 던지는 모습이 강변에 보이면 슬슬 다가가서 "잘 잽히는가" 어쩌고 저쩌고 구경을 하다보면 여기저기서 꼴을 베던 사람, 논물을 보러 가던 사람들이 모여들기 시작하고, 생고기 좋아하는 사람이 꺽지 한마리를 배따 날것으로 냅름 먹으면 누군가가 그럴 것이 아니라며 어디 가서 고추장을 떠오고 상추를 뽑아오고 술을 받아오고, 그러다보면 느티나무 아래 있던 사람들이 어슬렁어슬렁 모여들어 단박에 그 자리에서 천렵판이 벌어진다.

부침개를 부쳐먹거나 물고기를 잡아먹거나 감자를 삶아먹는 일은 꼭 하는 사람만이 하는 게 아니다. 한 마을에서 누구도 얻어먹고만 살 수는 없는 노릇이어서 어느때 어떤 식으로든 내놓아야 하는 게 동네의 인심이다. 돌아가면서 이 집 저 집 음식을 맛보게 되는 것이다. 이래서 네것 내것 없다는 게 아닌가. 늘 "많이 묵어야 좋간디" "콩 한조각도 나눠 먹는단다"였다. 뉘 집에서 호박이 많이 열리면 한 소쿠리 따가지고 오다 아무 집에나 나누어준다. 그러면 또 다른 집에서는 가지가 많이 열려 가지를 놓고 가는 것이다. 시래깃국만 끓여도 낮은 담이나 싸리문 너머로 주고받았다. 그것은 아름다운 그림이고 사진이고 시였다. 전설이었다.

아름답고 신났던 일들이 점점 사라져버리고 우리 동네의 겨울이 적막해진 지 몇년, 그냥 텔레비전 앞에 앉아 각자 외롭고 쓸쓸한 겨울철을 보내던 마을 사람들은 아니 노인들은 드디어 마을회관에 노인회관이라는 간판을 걸었다. 그리고 노인회에서 나온 몇푼 안되는 돈으로 연탄보일러를 놓고 겨울철을 지내다가 불도 자주 꺼지고 방도 추워 사람들이 모이지 않자 동네 어른들은 석유보일러를 놓았다. 아, 드디어 군불 땔 일도 그 골치아픈 연탄 갈기도 끝이 나고 누군가 일찍 와서 스위치만 조금 돌리면 펑 하며 보일러가 가동되고 금세 따뜻한 방이 되었다. 객지 사람들이 돈을 걷어 앰프도 새로 들여놓고 칼라 텔레비전도 사고 라면 끓여먹을 냄비도, 양은솥도, 수저도, 그릇노 상

만했다. 그리고 사람들은 긴 겨울을 거기서 지내게 된 것이다.

　석유보일러를 놓으니 얼마나 좋은가. 아침밥을 드신 동네 할머니 할아버지들이 슬슬 회관에 모이면 거기서 심심풀이로 부침개를 부쳐먹기 시작한다. 그러다가 점점 발전해서 누군가 집에서 밥을 해오기도 하는데 나는 커다란 함박에다 김이 무럭무럭 나는 하얀 쌀밥을 해 이고 가는 당숙모를 본 적이 있다. 동네 사람 모두 모여 밥을 먹는 것이다. 모두라고 하지만 겨울철엔 많이 모여야 20여 명 안팎이다. 딸네 가고 아들네 가고 병원 가고 어쩌다 저쩌다 보면 진메마을 총인구 43명 중에 얼마 모이지 않는다. 배추김치 대가리만 잘라서 흰밥에 척척 걸쳐 먹는 맛이란, 아 생각만 해도 입에 침이 고여온다. 그렇게 밥을 먹으니 이 어른들 집에서 혼자 먹을 때보다 겨울철 지나면 얼굴에 살이 오른다. 30촉 희미한 전등불 아래 정신없이 밥을 잡수시는 머리 허연 노인들의 모습을 보노라면 어떨 땐 눈물이 나고 어떨 땐 차마 밥이 넘어가지 않으며, 때론 즐겁기도 해서 나는 이따금 어머니를 따라가 이 어른들과 점심을 먹곤 한다. 이렇게 어느 한 집에서 시작한 돌아가며 밥 해먹기는 겨울철 내내 이어진다. 점심을 먹고 남은 밥은 늘 거기에서 주무시기까지 하는 순창 할머니와 한수형님 어머니, 우리 큰어머니가 잡수시곤 한다. 한겨울 눈보라 치는 날이라도 계속되면 거기서 저녁을 지내는 분들이 많아지게 마련이다. 순창 할머니는 작대기를 짚고 다니는데 집에 오가기가 힘들어 하루에 한두번씩 집에 다녀오고는 늘 거기에서 먹고 자고 하신다.

　봄이 지나면 순창 할머니, 한수형님 어머니만 남고 다 회관을 떠나신다. 바쁘고 고단해서 저녁 먹고 모여 놀지 못하는 것이다. 이제 더워지면 내가 심어놓은 강 앞 느티나무 밑 큰 바위에 앉아 여름을 지내시리라. 흐르는 물에 떨어진 쨍쨍한 햇볕을 보면서 옛날을 생각하고 죽음을 생각하며 삶의 적막을 견디어가는 것이다.

꿈 같던 그 사랑방을 아시나요. 지푸라기 어지럽고 망태·덕석이 깔려 있고 뜯어먹은 메주가 매달려 있던 사랑방을, 고린내, 담뱃내, 온갖 냄새가 진동하는 그리하여 그 냄새처럼 섞인 사람들의 숨결이 손끝에 닿을 것 같은 사랑방을 아시나요. 아무렇게나 누워도 편안히 걱정없이 잠이 잘 오던 그 전설 속의 석유등잔 사랑방을 아시나요.

인간 박한수
진메마을 사람 5

인간 박한수, 그를 이야기하면서 진메를 빼놓을 수 없듯이 진메를 이야기하면서 그를 빼놓을 수 없을 것이다. 인간 박한수가 진메마을에서 차지하는 크나큰 비중은 자타가 인정하고도 남음이 있다.

'인간'이라는 말을 이름 앞에 붙이는 것은 절대 내 자의가 아니다. 그분이 늘 중요한 대목에서 자기 이름 앞에 붙이는 말이며 한수형님이 술에 취해 무슨 말을 시작하려 할 때 우리들이 미리 붙여주는 말이기도 하다. 우리들이 인간이란 말을 붙여주며 웃으면 "이런 좆만헌 것들이" 하며 큰 솥뚜껑 같고 제주도 화산돌 같은 손바닥으로 우리들의 머리를 퍽 때리곤 한다.

형님은 말보다 욕이 항상 먼저 나간다. 쟁기질할 때도 "이런 니기미" 이랴자랴이지 그냥 순한 말로 소를 부리며 쟁기질을 하

잘 썩은 두엄자리만큼 입이 건 한수형님.

는 적을 나는 한번도 보지 못했다. 술을 드시지 않은 보통때도
할 말이 있으면 그냥 "좆도"가 앞서 실례를 한다.

　노태우씨가 대통령을 할 때 이장을 하였던 한수형님은 진메
마을 역대 이장 중에서 가장 욕을 잘하는 분이었다. 이장 일을
보실 때 동네 사람들 앞에서는 조심조심 말을 하지만 목소리가
점점 높아지면 또 그놈의 육두문자가 먼저 튀어나오곤 했다.

　그러나 한수형님의 욕은 절대 욕이 아니다. 시옷자가 들어가
는 욕이건 '개'자가 앞에 들어가는 욕이건 'ㅈ' 받침이 들어가는
욕이건 그 욕만 뚝 떼어놓고 따지고 들면 할말이 없지만, 그러
나 우리 전라도 농민들이 일하며 쉬며 하는 말 중에 욕 안 들어
간 말이 있다면, 그런 대화가 있다면, 생각만 해도 싱겁고 맥
풀리는 일일 것이다. 우리 아버지도 내집평 들에서 욕쟁이라는

별명을 얻었고 우리 할머니도 욕이라면 절대 누구에게 뒤지지 않는 분이었다. 아랫집 큰아버지의 욕도 대단했으며 성만씨 어머니도 우리 할머니와 쌍벽을 이루었다.

아무튼 한수형님의 입은 잘 썩은 두엄자리만큼 걸었으되 그 욕은 욕이 아니었다. 판소리 중의 아니리나 북장단이랄까. 판소리를 들으면서, 특히 내가 존경해마지 않는 박동진선생의 판소리 중에 욕이 안 들어간 소리를 나는 상상할 수가 없다. 욕은 기묘하고 절묘한 일상생활의 리드미컬한 언어감각에서만 우러나온다. 한수형님의 욕 섞인 대화에는 찰밥같이 기름기 자르르한 그 무엇이 있었다.

모든 일이 그렇듯 욕 또한 어떤 분위기를 벗어나면 그건 참말로 욕이 되어 불쾌하고 역겨운 법이다. 다른 사람에게 가면 진짜 욕이 되기 십상인 것을 찰진 대화로 만들 줄 아는 사람, 한수형님은 그런 분위기를 잘 가지고 태어난 독특한 분이다.

한수형님은 올해(1996) 55세다. 1942년생이니까 나보다 6년 앞서 태어났다. 그러나 그분과 나의 인생의 폭과 깊이는 6년 이상의 차이가 난다. 형님에 비하면 나는 무엇이든 조족지혈에 불과하다. 인생이 꼭 나이만큼만 연륜이 붙는 것은 아닐 것이다.

그분은 한번도 진메마을을 떠나지 않았다. 그분은 학교엘 조금밖에 다니지 않았다. 형님에게선 학교 냄새가 조금도 나지 않는다. 돌아다봐라. 나라를 말아먹고 못된 도둑질을 애국으로 위장해서 나랏돈을 들어먹는 사람치고 많이 배우지 않은 이가 있는가. 못 배운 사람은 조금만 잘못을 하면 감옥 가고, 많이 배우고 좋은 자리에 있는 사람은 몇억을 먹어도 죄가 되지 않는 게 우리들의 현실이다. 아무튼 한수형님에게선 허위와 가식이 없는 인간 본연의 몸짓이 보인다. 학교 교육을 전혀 받지 못했어도 훌륭하게 세상을 살아가는 이들을 나는 얼마든지 보면서 살고 있다. 내가 책을 보고 무얼 안다는 게 얼마나 부끄럽고 욕된 것인가를 나는 진메마을에서 살아오는 동안 뼈저리게 느꼈다.

한수형님은 여덟살 때 6·25 전쟁을 치렀다. 피난 갔다 와서 어느덧 열살이 넘어섰고 형님은 본격적으로 진메마을의 온갖 것에 몸과 맘을 섞으며 농군의 기초과정을 아버지와 이웃 어른들로부터 배우기 시작했다. 나무하기, 풀 베기, 마당 쓸기, 톱질하기, 토끼 잡기, 노루 잡기, 새 잡기, 물고기 잡기, 낚시 등을 배우고, 봄에 씨 뿌리고 가꾸고 논두렁 풀 깎고 논 매고 논물 보고 보리 베고 나락 베고, 괭이질·낫질·쟁기질 등을 배우며 진문이·종길이·종안이·계안이·용수 형님들과 산과 들에서 어울려 싸우며 일을 배웠다. 배고프고 추운 시절에도 그들은 끊임없이 일을 배웠다. 망태 만들고 덕석 만들고 장작 패고 아침저녁으로 쇠죽을 끓여 소 먹이고 개 키우고, 긴긴 겨울을 지내는 법들을 몸에 익히며 자랐다.

내가 제일 인상깊게 기억하는 형님의 모습은 자치기를 하는 모습이다. 새끼 자가 공중으로 뜨면 잘 가늠해서 잡아야 하는데 그걸 조준하지 못해서 늘 헛손질이었으며 꼭 "아갸" 하는 몸짓을 했는데 그게 매우 우스웠다. 또한 공을 다루는 기술이 없어 공의 방향, 공이 튄 거리 등을 통 가늠하지 못하는 한수형님은 공놀이가 벌어지면 늘 헛발질을 하고 공보다 신이 더 멀리 공중에 떠서 사람들을 웃기곤 했다. 그러면서 한수형님은 한 집의 가장으로 자라나며 상일꾼이 되어갔다. 남의 집 일에서나 내 집 일에서나 제몸 사리고 아끼는 분이 결코 아니었으며 쪼잔하고 쩨쩨하고 어물어물하는 성격이 아니었다. 그래서 그분은 한때 배짱대로 노름을 하다 크게 잃기도 했다. 형님은 빚에 쪼들리다 못해 한때 사우디로 일을 갔지만 크게 재미를 보진 못한 것 같았고, 비행기 타고 외국에 한번 나가봤다는 게 늘 긍지여서 혹 누가 외국 이야길 하면 몸을 흐느적거리며 "나도……" 하면서 끼여드시곤 했다.

한수형님은 외아들이었다. 딸이 셋인데 큰누님은 우리 당숙모가 되어 같은 동네에 살고 막내는 나와 동갑인데 정읍으로 이사간 태수의 아내가 되었다. 한수형님의 아버지 박용한이라는 분은 중원바닥에서 아무도 대적할 사람이 없었다고 할 정도로 기운 세고 배짱 좋고 이 근동에서 내놓은 '잡놈'이었다고 한다. 그렇지만 일찍 세상을 뜨셔서 한수형님이 홀어머니를 모시고 집안을 다스리며 살았다. 한수형님은 아들 셋, 딸 하나를 두었는데 모두 서울에서 살고 지금 집엔 두 내외와 허리가 기역자로 굽은 노모가 살고 계신다. 한수형님네 집은 진메마을의 북쪽 맨끝이다. 집 뒤안엔 대나무밭이 있어 늘 참새들이 재잘거리다 한수형님이 술 마시고 큰소리를 치면 울음을 뚝 그치고 포르르 날아오르곤 한다.

지금은 너무나 늙으셨다. 어떨 때는 짠해 보이기도 하지만 나는 형님의 손을 보며 늘 감동한다. 형님은 일을 찬찬히 하시는 분이 아니다. 우악스럽게 힘을 쓰고 몸을 아끼지 않기 때문에 늘 몸 어딘가에 상처가 나 있었다. 손을 보면 성한 곳이라곤 한군데도 없이 온통 상처투성이다. 그런 손을 보고 있으면 무슨 나무토막이나 돌멩이를 보는 것 같다. 한수형님은 늘 불안하다. 경운기를 몰다가 죽을 고비를 몇번 넘겼으며 오토바이를 타다가도 몇번인가 뒤집어지고 떨어지고 처박았다. 무쇠 같은 그의 몸도 이제 나이를 이기지 못하는지 술을 조금만 드시면 비척거린다.

어느해 추석 안날, 그러니까 팔월 열나흗날 객지에서 돌아온 사람과 동네 사람들이 어우러져 밤이 깊은 줄 모르고 윷놀이를 했다. 두시가 넘어가자 하나둘 자리를 뜨고 한수형님은 술이 너무 취해 있어서 내가 가자고 했다. 한수형님은 "씨벌 좆도"를 찾으며 비척비척 걸었다. 달이 환하게 진메마을을 비추고 있었다.

"어이 용택이, 씨벌 뭣이냐. 이 인간 박한수가 그런 놈이 아니여. 나도 자식이 있단 말이시, 자식이."

그는 밑도 끝도 없이 횡설수설 비틀비틀하며 걸었다. 나중엔 울먹이는 듯해서 쳐다보니 새벽 달빛에 눈물이 반짝였다. 걸음을 멈추고 흔들흔들하며 내 손과 어깨를 잡고 내 가슴을 치며 울었다. 달빛은 적막하고 세상은 고요했다. 이따금 회관 마당에서 "모야—""개야—" 소리가 들려왔지만 판이 식어가는 중이었다. 나는 비틀거리며 울먹이는 형님을 집에까지 모셔다 드렸다. 동네에서 제일 끝인 형님네 집엔 불이 꺼져 있었다. 그 집 또한 적막했다.

그해 추석엔 집집마다 서울에서 아들딸들이 다 추석을 쇠러 왔는데 한수형님네 집엔 자식들이 아무도 오지 않았던 것이다. 딸아이에게 가슴 아픈 사연이 있어 오지 못했던 모양이다. 그래서 형님이 달빛 아래 흐느꼈던 것이다. 지금도 그때 형님의 들먹이던 어깨며 달빛을 생각하면 코끝이 찡해온다. 올해 4월 27일 서울에서 그집 딸 결혼식이 있었다. 결혼식을 올리지 않고 미리 동거해왔단다. 어린 나이였는데.

　대개 말 많은 사람이 일은 않고 뒷짐 지고 괭이자루, 삽자루 들고 서서 남의 일에 감놔라 배놔라 하는 법인데 한수형님은 그러지 않았다. 형님보다 나이가 들었든 아니든 일은 안하고 잔소리만 하면 형님은 "좆도 씨벌, 일도 안하면서 니기미 잔소리는, 아 빨리 일이나 혀" 했다. 말을 많이 하면서도 형님은 남의 묘 쓰는 데나 남의 집 일을 가서나 어렵고 힘든 일은 도맡아 하였다. 진메마을 사람 그 누구도 형님의 일 앞엔 잔소리 없이 수긍하고 고마워했다. 공동으로 하는 마을 일에도 늘 앞장섰고 조금만 비위에 거슬리는 행동을 하거나 경위가 빠지게 말을 하면 제일 먼저 나서서 싸웠다. 힘도 좋고 입도 걸고 목소리도 커서 앞장서기에 꼭 맞아떨어졌다. 형님의 말은 언제나 옳았다. 형님은 자기가 말을 해놓고 꼭 동의를 구했다.

　"안그런가 이 사람아, 안그런가 용택이."

　형님은 늘 인간을, 인간성을 옹호했다. 부러 형님이 인간성이 어쩌니 저쩌니 말을 앞세우진 않았지만 늘 그의 행위가 옳았던 것이다. 빌딩이 천층 만층 올라가고 컴퓨터로 온갖 것을 다하고 인공위성이 아무 별에나 간들 그게 무슨 소용이겠는가.

인간성을 옹호하지 않는다면, 인류의 안녕과 자연의 질서를 망가뜨리고 코앞의 이익에만 눈을 까뒤집는다면 그게 무슨 가치가 있단 말인가. 인간성이 짓밟히는 이 현실 속에서 오늘도 나는 한수형님의 모습을 바라보며 웃고 운다. 형님은 참 인간적인 분이다. 무슨 일에든, 그래서 그는 스스로 자기 이름 앞에다 '인간'이란 말을 굳이 붙이는지도 모른다.

한수형님에 관한 이야기는 너무 많다. 큰 산은 뒤로 좀 물러나서 보아야 한다. 바짝 다가가서 산을 보면 나무 몇그루, 돌멩이 몇개, 풀 몇포기, 흙덩이밖에 보이지 않는다. 한수형님은 우리 동네에서 이 시대 마지막 농군 중의 한분이다. 한수형님이야말로 토종이다. 그분은 이 너절한 세상에서 빛나는 인간성을 간직한 분이다. 속이 굳고 곧은 분이다. 왈 농군인 것이다. 그의 이름 앞에 '참 농군이요 참 인간'이란 말을 나는 감히 놓는다.

한량 문계량씨의 피리 소리

진메마을 사람 6

문계량씨는 태환이형님의 아버지이자 나의 고모부이다. 이분이 살아 생전 마루에 앉아 피리를 멋들어지게 불던 집은 지금 뜯겨 사라지고 집터만 황량하게 남아 있다. 쇠철망 개집이 있던 그 집터이다.

내가 알기로는 이분이야말로 우리 마을의 예인(藝人)이었다. 지금 생각해보면 이 어른은 옛 그림에 나오는 베잠방이 입고 가슴 풀어헤친 사람의 모습과 너무나 닮았다. 그분은 일을 많이 하지 않았다. 얼굴이 늘 붉게 상기되어 있고 수염도 많지 않았으며 웃는 눈의 평화로운 얼굴이었다. 뒷짐 지고 가슴을 풀어헤치고 곰방대를 허리춤에 찌른 그 모습이 지금도 눈에 선하다. 가장 외롭고 쓸쓸한 어른의 모습으로 내 뇌리에 남아 있다.

농사꾼들은 외로움과 쓸쓸함을 겉으로 드러내지 않는다. 농사꾼들은 걱정이 많을수록 일을 쉼없이 격정적으로 한다. 그 고통과 아픔을 잊기 위해서 죽어라 일을 하는 것이다.

나는 그 어른이 개구리 우는 저녁 텃논가에 오래오래 앉아 계시는 것을 이따금 보았다. 그분의 등은 늘 외로워 보였다. 그러나 돌아서면 늘 평화로운 얼굴이셨다.

한여름에도 그분은 느티나무 그늘 아래로 나오지 않고 집에 계셨다. 집에서 노는 게 아니라 늘 마루 한가운데 책상다리를 하고 앉아 피리를 불었다. 그집 뒤안의 대나무밭에서 고른 대나무로 그가 손수 만든 손가락만한 굵기의 피리를 늘 꼴마리에 곰방대와 함께 꽂고 다니셨다.

그분은 가난하였다. 일에 대한 욕심이 없었고 살림살이를 포기한 것 같았다. 아니 그는 아예 그런 것들에는 초연한 듯했다. 그분은 소도 키우지 않았고 돼지도 기르지 않았다. 아들딸들이 여럿이었지만 누구 하나 제대로 가르칠 생각이 없어 보였다. 동네 사람들과는 항상 저만큼 떨어져 피리를 부는 것을 낙으로 삼은 듯했다. 그렇다고 늘 피리를 부는 것은 아니었다. 잊어버리고 지낼 만하면 어디선가 바람결을 타고 처량한 피리 소리가 들려왔다. 달이 높이 뜬 여름밤이나 비가 내려 사람들이 밖에 나가지 않는 날에도 그는 마루에 정좌하고 피리를 불었다. 누구 하나 그의 피리 소리를 탓하거나 좋아하는 내색을 하지 않았다.

나는 그분을 뵈면서 어렴풋이 예술가는 누구에 의해 길러지는 수도 있겠지만 스스로 타고난 소양에 의해 예인이 되는구나

하는 막연한 생각을 하게 되었다. 그분은 피리 부는 솜씨를 타고났을 것이다. 누가 그에게 피리를 가르쳐주었겠는가. 그분은 태어나 이 마을에서 자연으로부터 피리 솜씨를 터득했으리라. 그가 부른 곡들도 그가 자연에서 자연스럽게 얻어낸 곡이었으리라.

나이가 들면서 그분의 살림살이는 더욱 곤궁하였다. 나중에는 피리 부는 일도 잊어버린 듯 먹을 것을 찾아다녔다. 냇가에서 돌을 떠들어 고기를 몇마리 잡아 꿰미에 꿰어 달래달래 들고 가서는 작은 냄비에 자글자글 지져 소주 한잔씩 하는 게 낙이었다. 여름철이나 가을철엔 밭머리에 있는 옥수수를 따다가 혼자 삶아 잡수시고, 고추를 따 된장에 찍어 소주를 드시곤 했다. 너무나 궁핍한 생활의 연속이었다.

나는 그분이 돌아가셨을 때 동무들이 상여에 떠메고 가서 붉은 흙으로 그분을 다독다독 묻어주는 데 참석했다. 그분의 유일한 유물인 피리를 찾아 함께 묻어주었다. 산이 짙푸르게 우거지고 밤꽃이 박속처럼 하얗게 피어 어지러울 정도로 향기 짙던 어느 해 유월이었다.

그분은 우리 동네의 예인이었다. 사람들은 아마 그분의 피리 소리를 들으며 삶의 괴로움과 슬픔과 서러움을 달랬으리라. 고독과 외로움과 쓸쓸함을 스스로 짊어지고 살던 그분의 집터를 지나며 이제는 없어진 그 대나무밭을 생각하면서 나는 때로 어느 산에서 울려나는 듯한 피리 소리에 문득 가던 걸음이 멈춰지곤 하는 것이다. 정좌한 채 가슴을 풀어헤친 그 모습과 함께 피리 소리가 겹쳐지는 것이다. 작은 물고기 몇마리를 꿰미에 꿰어 뒷짐 지고 달래달래 걸어가는 그 모습이랑 함께 말이다. 그분의 호가 일천(一天)이셨는지 동네 사람들은 그분을 일천양반이라 불렀다.

동춘 할매

진메마을 사람 7

동춘 할매가
동동 떠나강게
딸막이가 딸막딸막 허네

이 노래는 어머니께서 동춘 할머니 이야기가 나오면 이따금
부르시는 노래이다. 이 내용으로 보면 다음과 같은 그림이 그
려진다.

어느 해였는지는 모르겠지만 앞강물이 많이 불었거나 아니면
댐 문을 열어 물이 불어났을 때였을 것이다. 강 건너 밭에서 일
을 하시던 동춘 할머니가 집에 가려고 강을 건너다 잘못하여 그
만 강물에 둥둥 떠내려가는 것을 딸인가 누군가가 보고는 물이
무서워 왈칵 구하려 들어가지는 못하고 그냥 안달이 난 모습을

이렇게 노래한 것이다. 농민들이 부르는 노래나 민요 중에는 이렇듯 급박한 상황을 한 박자 늦추어 그 긴박함을 완화해서 부르는 노래가 있는가 하면, 하찮은 일을 과대포장해서 희화화하는 노래들을 볼 수 있다. 위에 소개한 짤막한 노래도 사실은 급박하고 절실하다. 금방 한 목숨이 어떻게 될지 모르는 정황을 딸막이가 딸막딸막한다고 해놓았다. 또 이런 노래가 있다.

    진둥아 너는 재주도 좋다
    부채로 부쳐도 꺼지지 않고
    물에 넣어도 꺼지지 않고
    진둥아 너는 재주도 좋다

이 노래는 진둥이라는 동춘 할머니 손자가 어느날 전짓불을 켜놓았는데 할머니가 아무리 그 불을 끄려고 부채로 부치고 구정물통에 집어넣고 이불로 뒤집어씌우고 빗자루로 때려도 꺼지지 않더니, 어디 갔다 왔는지 진둥이란 놈이 스위치를 얼른 내리니 불이 탁 꺼지는 것을 보고 동춘 할머니가 한 이야기를 동네 사람들이 노래로 부른 것이다. 생각하면 되게 웃기는 일이다. 불을 끄려고 온갖 노력을 하는 동춘 할머니의 모습이 눈에 생생하게 떠오른다.

동춘 할머니에 대한 이야기는 더 있다. 어느 해던가 하루는 일중리에 사는 손자가 할머니 집에 놀러 왔길래 할머니가 튀밥을 한 바가지 가져다가 먹으라고 해놓고 다른 일을 한참 하다 와보니 이 녀석은 튀밥을 거들떠보지도 않더란다. 괘씸한 생각이 들어 "아, 이놈아 어서 튀밥 묵어" 하며 코앞에 들이대도 이 녀석은 할머니만 물끄러미 바라보더란다. 할머니가 자꾸 먹으라고 하니까 이 뜸직한 손자녀석은 울먹이면서 "이거 튀밥 아니랑게. 이건 누에고치여" 하더란다. 또 있다.

어느해 동지가 돌아오자 동춘 할머니는 동짓죽을 한동이 끓여 큰집, 작은집 서로 나누고 아랫집, 윗집도 나누어먹었다. 먹다 남은 동짓죽을 동이에 담아 한데 내놓으면 얼음이 얼어 덜 그럭거리곤 했다. 그러면 저녁에 이웃들을 불러다 또 나누어 먹곤 했다. 그날 밤도 동네 사람들이 모여서 동춘 할매네 동짓죽을 호롱불 아래에서 먹었더란다. 한 아주머니가 말랑말랑한 '시알심이'(새알심, 찹쌀가루로 만든 동짓죽에 넣은 경단) 한알을 떠서 먹으려다 어딘가 좀 다르고 이상한 느낌이 들어 다시 그릇에 넣고 이리저리 뒤적여보았더니 아, 하마터면 입속에 넣고 대충 깨물어 꿀꺽해버렸을 그 시알심이가 글쎄 쥐새끼였더란다. 그 아주머니는 상 위에 살며시 놓아두고 모두 죽을 다 먹은 뒤에 "올 동짓죽이 어찌 다른 때보다 맛이 있더만, 글씨 이 쥐새끼 때문이었덩개비여" 하며 그 쥐새끼를 숟가락에 들어 보이니, 동춘 할머니 하시는 말씀, "아이고 호랭이 물어간다. 어찌 그 잡것이 거기 빠졌다냐. 그 호랭이 물어갈 것이."

시골 부엌은 모두 끄실묵으로 시꺼멓게 그을려 있다. 날이면 날마다 나무를 때서 밥하고 국끓이고 하다 보니 연기가 늘 부엌에 자욱하기 마련이어서 누구네 집 누구네 집 할 것 없이 부엌 천장은 거미줄이 너슬너슬하고 서까래가 보이지 않을 만큼 시커멓게 그을려 있는 것이다. 그 시커먼 끄실묵 속 천장에 쥐들이 살며 빨간 쥐새끼를 물고 가다 떨어뜨려 동춘 할머니가 동짓죽을 끓이는 솥으로 첨벙 빠져버린 것이다. 한 마리만 빠졌는지 또는 여러 마리가 빠졌는데 용케 발견되지 않아 다른 사람은 그냥 시알심이인 줄 알고 꿀꺽 삼켰는지 누가 알겠는가. 아무튼 그 이야기는 두고두고 진메마을 사람들에게 부풀려지면서 회자되었다.

동춘 할머니는 우리 집 뒷집, 그 뒷집에 사셨다. 나는 그 할머니가 몹시 늙으셨을 때만 아득하게 기억한다. "호랭이 뜯어가네" 하며 웃는 눈웃음이 아주 고왔던 것 같다.

지금도 이따금 우리 어머니는 동춘 할머니와 단둘이만 아는 살림 이야기를 하시곤 한다. 태어나서 죽을 때까지 일을 하다 돌아가셨다. 지금도 나는 해 저문 강길을 호미자루 쥐고 부산하게 돌아오시는 동춘 할머니 모습을 보곤 한다. 튀밥을 준다는 것이 누에고치를 주고 자꾸 먹으라고 하시던 그 모습이랑.

덕치 조서방, 삼년 묵은 술값 내놔

5월이 되면 아침마다 나는 집 앞 김나는 밭과 느티나무와 강과 강 건너 푸르러지는 산을 보며 감탄한다. 어머니는 나의 어쩔 줄 모르는 이 감동의 순간을 단 한마디로 정리한다.

"하따, 산천이 좋기도 하다."

그렇다. 산과 물이 좋기도 한 것이다. 말로나 글로 다 표현할 수 없는 일이 세상엔 얼마든지 있는 법이다. 형언할 수 없는 마음의 그 빛나는 움직임과 현란한 빛들을 어찌 말로 글로 다 풀어낼 수가 있겠는가. 그냥 "햐, 좋다"가 고작 아닌가.

5월 산천은 그야말로 있는 힘을 다해 자기 자신에 최선을 다해 세상에 자기를 드러낸다. 그것은 아름다움의 극치요, 사람들의 입을 다물게 하는 자기 모습의 끝인 것이다. 자연만이 그걸 표현한다. 최선을 다한 것이 그래서 아름다운 것이다. 이

나라 산과 강, 논과 밭과 마을을 바라보며 나는 늘 감동한다.
저렇게 곱고 이쁠 수가, 산들이 모두 저렇게 자기 모양을 뽐낼
수가 없다. 인간만큼 수선스럽고 약삭빠르고 타산적이고 영악
한 것이 있을까. 나는 인간에 관한한 늘 낙관적이지 못하다.
그냥 나는 침묵으로 산을 보는 것을 좋아한다. 침묵만이 인간
의 깊이에 가 닿는다.

5월 산천에 햇볕이 찾아드는 아침, 문을 열고 나서면 김나는
밭가에 애기똥풀이 피어 있고, 갈아엎어놓은 논에 토끼풀꽃 자
운영꽃이 피어 있다. 이슬에 반짝이는 아침 풀밭의 영롱함. 아
침 햇살이 비낀 강 건너 숲의 천가지 만가지 색깔들. 그 숲을
나는 새가 있다. 꾀꼬리이다. 노란색을 띤 이름도 이쁜 꾀꼬리
는 날면서 이렇게 운다.

"덕치 조서방, 삼년 묵은 술값 내놔."

'덕치 조서방'까지는 빨리 울고 '삼년 묵은'은 천천히 울고 '술
값 내놔'는 또 빨리 운다. 어째서 이쁘고 고운 이 새가 술값을
받으러 다니는 술집여자가 되었는지는 잘 모르겠으나 옛날에
덕치에 아주 술을 잘 먹는 조서방이란 분이 있었는데(덕치면
면소재지가 있는 회문리에 조씨가 많이 산다) 외상술을 마시고
무던히도 술집 주인의 속을 썩인 모양이다. 삼년 묵은 술값을
갚지 않았으니 그동안 떼어먹은 술값은 얼마이겠는가. 그 소문
은 자자해서 덕치면 사람이면 이 조서방의 술값에 대해서 모두
한마디씩 했을 것이다. 아마 그 조서방은 속이 능글능글한 천
하태평의 술꾼이었을 것도 같고, 예쁜 술집 과부하고 연분이
났는데 맘이 변한 멋쟁이 한량이었을 것도 같다. 그래시 꾀꼴

새가 그렇게 우는지도 모른다. 꼭 술값 때문에 우는 것만은 아닐 것이다. 때는 5월 아닌가. 가장 멋들어진 계절인 5월 말이다.

누가 가르쳐주었는지는 모르겠으되 아무튼 덕치 사람들은 지금도 이 꾀꼴새의 울음을 그렇게 듣고 또 그렇게 말하는 것이다. 덕치 조서방이 끝끝내 외상값을 갚지 않은 것만은 분명하다. 지금도 우리 동네 앞산을 그 샛노란 몸으로 날며 "덕치 조서방, 삼년 묵은 술값 내놔" 하고 우니까. 나는 죽을 때까지도 꾀꼴새 울음은 그렇게밖에 못 듣고 그렇게밖에 흉내내지 못한다니까. 암만 해도 다른 소리로는 안 들린다고.

190

그 산이 거기 늘 있었다

　나는 평생 두 개의 산을 바라보며 살았다. 하나는 내가 근무하는 물우리 초등학교 앞산이고 또 하나는 우리 마을 앞산이다. 나는 이 두 개의 산과 헤어져 살아본 적이 별로 없다. 집에 오면 집 앞산을 바라보고 학교에 가면 학교 앞산을 늘 바라보며 산다. 이 두 개의 산은 따로 떨어진 산이 아니라 학교 앞산을 쭉 따라가다 보면 집 앞산이 되고 집 앞산을 쭉 따라가다 보면 학교 앞산이 된다.

　학교 앞산은 봉우리도 별로 없이 밋밋하게 산등성이가 이어지다가 진메마을 시작되는 데서 끝나며 거기에 봉우리 하나를 만들어둔다. 2학년 교실에서 보는 산. 아, 나는 이 교실에서 얼마나 많은 아이들의 얼굴을 떠올릴 수가 있는가. 이 교실을 이리저리 옮기며 내 젊음을 다 보냈다. 나는 쉬는 시간이나 방과후 또는 수업시간 틈틈이 유리창턱에 손을 짚고 늘 물우리 마을을 바라보았다. 고개를 약간만 오른쪽으로 돌리면 월파정 숲과 반짝이는 강물이 보인다. 그리고 늘 오가는 강길이 보이고 길 끝쯤 진메마을 앞산이 보이는 것이다.

학교 앞 물우리 뒷산은 삼분의 일쯤 솔밭으로 되어 있다. 그 산 너머에 백양동이라는 마을이 있었지만 취약지구라 해서 박정희정권 때 강제로 철거되었다. 마을 하나를 없애버린 것이다. 솔밭 아래 여기저기 밤나무밭이 있다. 나는 거기 밭가에 있는 감나무를 어렸을 때부터 보아왔다.

아침 학교에 와서 마을을 바라보면 아름드리 느티나무 아래 70여 명의 아이들이 한꺼번에 모여 줄을 서오던 모습은 이제 간 곳이 없다. 마을은 텅텅 비어 우중충하고 아침 등교길 아이들의 모습이 보이지 않는다. 마을 뒷산의 밭들도 묵어가고 논은 아예 산이 된 지 오래다. 운동장과 벚나무숲에선 아침부터 꾀꼬리가 날아다니며 운다. 그 울음소리는 옛날 같은데 강 건너 마을은 적막하고 운동장엔 아이 두엇이 심심해서 못 견디겠다는 듯이 느릿느릿 걸어가고 있다.

교실 유리창턱에 손을 짚고 오른쪽을 바라보면 시선이 맞닿아 끝나는 곳이 우리 동네 앞산과 옆산이다. 옆산은 멀어서 잘 보이지 않지만 진메마을 앞산은 훤히 보인다.

진메 앞산은 2학년 교실에서 보면 물우리 뒷산으로 이어진 산 같지만 진메에서 보면 물우리 옆에 있는 월파정이라는 정자가 있는 작은 동산에서 시작되어 강물을 따라온 산이다. 칡덩굴이 산을 뒤덮고 있는데 두 개의 하산길이 있다. 하산길 양쪽에서 뻗어간 머루덩굴·다래덩굴이 있어 머루나 다래 따기가 아주 좋은 곳이다. 봄이면 개복숭아꽃이 유화물감을 흘린듯 피어난다. 내가 늘 말하는 꽃밭등이다.

아, 앞산! 달이 불끈 솟으면 검은 산이 되고 달이 이만큼 다가오면 환한 산이 되고 별이 무수히 떠 있는 캄캄한 밤이면 소쩍새가 징허게 우는 곳, 오월이면 노란 꾀꼬리가 울며 날아다니고 긴긴 겨울밤이면 부엉부엉 부엉새가 잠자리를 뒤척이게 하는 곳, 가을이면 개옻나무가 제일 먼저 뻘겋게 단풍이 들고 때동나무·도리깨나무·박달나무·꾸지나무·참나무·느티나무·개복숭아·개살구·나도밤나무·오리나무가 자라고, 토끼·오소리·너구리·노루·고슴도치·뱀·지네·땅강아지·땅벌 들이 수없이 사는 곳, 눈 주면 어느 곳에 무슨 나무가 있는지 금방 아는 산, 어디 가든지 늘 따라와 내 옆에 있는 산, 안개가 피면 안개 속에 우람하게 서 있는 산, 어떨 땐 나보다 더 어려 보이는 산, 어떨 때는 나보다 먼저 일어나 강물에 세수를 깨끗이 하고 환하게 웃고 있는 산, 문 열면 거기 늘 그렇게 순간순간 내게 다른 얼굴을 내미는 산, 나는 저 산 하나만 바라보며 살아도 이 세상에 부러울 것이 없다. 행복하게 사는 데 저 산 말고 무엇이 더 필요하며, 살아가는 데 저 산을 아는 것말고 무슨 공부가 더 필요할까. 저 산 하나면 나는 족한 것이다. 나는 저 산의 세계를 내 가슴에 안고 있는 것이다. 나는 저 산을 49년째 바라보며 산다. 그래도 지금 저 산만 바라보면, 저 산만 생각하면 가슴이 뛴다. 봄 여름 가을 겨울, 철 따라 변화하는 그 산의 짐승과 곤충과 나무와 꽃과 그리고 추억이 늘 내 가슴을 실레세

한다.

　나는 지금 이 글을 쓰다가 마루에 나가 앞산을 보다 왔다. 곧 달이 뜨고 개구리가 우라지게 울어 내 잠을 흔들 것이다. 소쩍새 울고 밤꽃 피면 나는 그 밤꽃에 코피가 터질 것같이 어지럼증을 타며 강변을 배회할 것이다. 지금은 말없이 나를 내려다보고 있을 저 앞산, 눈을 감으면 이렇게 저렇게 다 그려지고 나무들의 모습이 선명히 떠오르는 산, 그 산이 그렇게 거기 늘 있었다.

제 4 부

딱새

아버지가 한때 키우던 비둘기의 집에 어느 해 딱새 한쌍이 찾아들어 둥지를 틀고 살기 시작했다. 딱새는 집 근처에서 사는 아주 작은 새인데 암놈과 수놈의 울음소리가 달랐다. 암놈은 잿빛에 가까운 어두운 갈색이고 수놈은 어두운 갈색 날개 위에 흰 반점이 있다. 암수 두 마리가 우리 집 빨랫줄에 앉아 예쁜 목소리로 울고 담장이나 슬레이트 지붕에 앉아 꽁지를 까불며 아침저녁으로 울어대더니, 어느날 언뜻 보니 비어 있던 그 비둘기집으로 들어가는 것이 아닌가. 나는 "저게 저그다 집을 짓는다냐"고 설마 했다. 그런데 그 녀석들이 비둘기집을 드나드는 것이 자주 눈에 띄고 울음소리도 날마다 듣게 되었다.

어느날 나는 쥐도 새도 모르게 살짝 그 비둘기집을 들여다보았다. 근데 이게 웬일인가. 거기 조그만 둥지 속에 예쁘고 곱고 얌전한 딱새 암놈이 앉아 있다가 반짝반짝 빛나는 눈으로 나를 가만히 쳐다보는 것이 아닌가. 나는 얼른 내려와버렸다. 가슴이 두근거렸다. 저 새들이 우리 집에 와서 알을 품고 있다니, 으으 얼마나 꼬습고 즐겁고 기쁜 일인가. 어머니와 아내에게만 그걸 말했더니 어머니는 "나는 진작 그 새가 거기서 사는지 알았다"고 아무렇지 않게 말씀하셨고, 아내는 그 큰 눈을 더 크게 뜨며 좋아하는 것이었다. 우리들은 아이들이 알까 쉬쉬하며 즐거워했다. 새나 벌이나 집에 들어오면 좋은 일이 있다는 것이었다. 어머니는 진즉 알았지만 자기 혼자 좋아하고 계셨다는 것이다. 나중에는 민세와 민해도 알게 되었지만 그냥 본 척 만 척해주었다.

어느날 아침 나는 그 새소리에 잠이 깨었다. 다른 때보다 울음소리가 유난했던 것이다. 새들은 집 가까이에서 아무것도 두려워하지 않는 몸짓으로 포롱포롱 날며 울고 있었다. 그러면서 마당으로 자꾸 날아 내리려고 하였다. 나는 얼른 그 새집 밑을 살펴보았다. 아, 맨땅에 새끼가 떨어져 있었던 것이다. 우린 놀랐다. 어느 것이 이런 짓을 했는지 알 수 없었다.

이듬해에도 딱새는 우리 집에 집을 지었지만 똑같은 꼴을 당하고 말았다. 내리 3년쯤 그런 일을 당하더니 딱새부부는 아예 우리 집엘 찾아들지 않았다. 어머니 말씀에 의하면 참새 짓이라는 것이다. 참새처럼 텃세를 부리는 것은 없다고 했다. 텃세란 많은 세월 동안 쌓이고 쌓인 삶의 두께일 것이다.

내가 근무하는 덕치초등학교는 온통 나무로 둘러싸여 있다.

아름드리 벗나무가 70여 그루 있고 살구나무가 뒤안 울타리를 치고 있다. 벗나무가 오래되어 큰가지가 죽어가고 옹이가 썩어 커다란 구멍이 이 나무 저 나무에 생겼다. 옹이 구멍에다 찌르레기라는 새가 봄이면 집을 짓고 알을 까서 새끼를 키우는데, 꼭 아이들 키만한 높이에다 집을 짓고 드나들기 때문에 아이들 눈에 뜨이기 마련이다. 제일 처음 본 아이들이 내게 와서 "선생님, 저기요 새가요 들랑거려요. 근디요 지호가요 자꾸 건드려요" 했다.

나는 아이들보다 미리 알고 있었지만 이제 모두가 알아버렸으니 전교생을 모아놓고 공개적으로 새알 보호를 당부하게 된다. 아무리 잡도리를 해도 어느 놈이 꼭 건드리기 마련이어서 새가 보금자리에서 고이 새끼를 쳐 나가기는 어렵게 된다. 그래도 그 새들은 매년 그맘때가 되면 꼭 그 부근에 와서 집을 짓고 알을 까고 하는 것이다.

1996년 초여름이었다. 2학년 교실 바로 아래 오래된 향나무가 한 그루 있는데 어느날 가지에서 딱새가 힛힛힛 하며 청아한 목소리로 우는 게 아닌가. 나는 정신이 번쩍 들었다. 몇년 전 우리 집에 와서 새끼까지 쳐서 키우다 참새에게 당한 일이 생각났던 것이다. 이놈이 살 만한 곳을 찾느라 학교 여기저기를 며칠 힛힛거리며 날아다니더니 울음소리가 들리지 않았다.

나는 그 딱새를 잊고 있었는데 어느날 변소길에서 그놈을 보았다. 변소 꼭대기에 앉아 있던 그 딱새는 포르릉 날더니 아주 작은 창고 슬레이트 지붕 밑으로 쏙 들어가는 것이었다. 내가 모른 척 딴전을 한참 피웠더니 딱새는 또 포롱 날아 나오는 것이 아닌가. 딱새가 단풍나무로 날아가 앉는 것을 보고 나는 얼른 새가 드나들던 슬레이트 지붕 밑을 들여다보았다. 거기 아주 작고 예쁜 둥지에 알들이 있었다. 나는 누가 볼세라 얼른 내려와 두리번거리며 안심했다. 아무리 장난꾸러기 지호라도 거긴 못 봤는지 아무 탈이 없었다.

잊어버릴 만한 시간이 흘렀다. 6월 21일 둘째시간이 끝나고 나는 또 혼자 변소에 가서 소변을 보며 창문 너머 파란 하늘을 바라보고 있었다. 회문산의 숲이 싱그럽게 우거지고 학교 뒤뜰 살구나무 잎이 햇살 속에 빛나고 있었다. 큰비 뒤끝이라 잎들은 더욱 상큼했다. 울타리를 이룬 노간주나무나 동글동글하게 가꾸어진 향나무들이 이뻐 보였다. 내가 이따금씩 창을 열고 바라보는 뒤뜰이었다. 봄이면 파랗게 풀잎이 돋아나 토끼풀꽃이 피고 초여름이면 개망초꽃이 피고 가을이면 억새 몇 포기와 산국이 피는 한적한 뒤뜰, 거기에 소롯길이 나 있는데 연극무대처럼 지게를 진 늙은 농부가 염소를 끌고 지나가고 할머니가 고추를 이고 지나가는 곳이었다. 그런데 그 살구나무와 노간주나무 밑으로 포롱포롱 새들이 꽁지를 까불며 날고 있었던 것이다. 나는 얼른 볼일을 마치고 살금살금 새들이 나는 곳으로 가보았다. 새들은 나를 보았는지 부산하게 노간주나무 실가지 사이로 날고 있었다. 아, 그 새들은 모두 딱새였다. 일고여덟 마리쯤 되었다. 땅바닥에 앉는 놈이 있었는데 새끼 딱새들이었다. 새끼 딱새들이 포롱포롱 나는 연습을 하고 있었던 것이다. 나의 작은 뒤뜰에 바람이 살랑살랑 불고, 샛노란 개살구가 노릇노릇 익어가는 큰비 뒤끝 하짓날이었다.

소쩍새가 우는 사연

소쩍새는 진달래가 피고 나면 울거나 시절이 좀 늦다 싶을 땐 진달래가 지고 한참 후부터 울기 시작한다. 봄바람이 부는 어느날 밤, 막 불을 끄고 잠자리에 들려 할 때쯤 희미한 새의 울음소리를 나는 듣는다. 나는 몸을 일으켜 숨소리를 죽이고 앉아 온몸을 열어 그 새소리를 듣는다. 맞다, 벌써 저 새가 돌아왔구나. 그렇지, 진달래가 피었지. 피를 토하며 운다는 소쩍새. 접동새라고도 하고 어떤 시인은 귀촉도라고 하는 새. 그 새가 돌아와 캄캄한 봄밤 어딘가에서 울고 있는 것이다.

소쩍새가 처음 울던 다음 날 아침에 측간에 가서 '아, 어젯밤에 소쩍새가 울었지' 하고 기억하는 사람은 그 해에 아주 좋은 일이 생긴다고 어머니는 늘 말씀하시지만 나는 한번도 변소에 앉아 그 새소리를 기억해내지 못했다.

낮에 낮에나 우는 새는
배가 고파서 울고요
밤에 밤에나 우는 새는
임 그리워 운다

밤에 우는 새는 휘파람새와 쪽쪽새와 소쩍새가 있지만 휘파람새는 어쩐지 한이 맺힌 울음소리를 낸다. 달이 뜨고 산마다 밤꽃이 흰하게 핀 밤, 모내기가 한창인 들판, 밤물 대는 농부들이 들판에 담뱃불을 반짝이며 눈에 불을 켤 때, 이 휘파람새는 구슬픈 소리로 길게길게 울며 들판을 질러간다. 머슴 살다 죽어 그 혼이 저문 날 소를 몰고 온다는 쪽쪽새 소리는 온밤을 하얗게 뒤척이게도 한다. 설명할 수 없고 어떤 글이나 말로 그 울음소리를 표현하지 못해서 나는 지금도 그 새소리에 뒤척이나 보다. 감동이 확실하면 설명이 필요없고 또 감동이 크면 감당하기 힘들어 말이나 글이 되지 않는 법이다.

내가 세상을 살면서 가장 견디기 힘들었던 것은 이 소쩍새 울음소리를 이겨내고 무심해지는 일이었다. 지금도 나는 소쩍새 울음소리를 졸업하지 못한 학생이다. 소쩍새 울음소리와 더불어 내게 힘든 것이 또하나 있었으니 그것은 5월 중순쯤 잎 피어나는 저물 녘의 앞산이고 토끼풀꽃과 자운영꽃이 만발한 저물 녘의 강변이었다. 징검다리에서 발을 씻고 나는 그 파르르 살아나는 푸른 어둠속의 꽃에 맨발을 들이밀곤 했다. 아, 뼈까지 다 푸른 어둠에 물드는 것처럼 나는 숨이 막히곤 했다. 정말 견디기 힘들었다. 너무 아름다운 것을 보면 사람들은 견디기 힘들어하며 다른 사람들을 부른다. 함께 보고 느끼면서 그 힘듦을 이기고 견디려는 무의식적인 행동인지 모른다.

세월이 가면서 자연과의 그 탱탱한 긴장은 서서히 내 몸에 내 맘에 익으며 화해를 이루었다. 그것은 사물의 객관화이자 나의 객관화이기도 했다. 그래도 나는 아직도 저 숨막힐 것 같은 5월의 산을, 저 5월의 아침을 감동과 감탄사 없이 바라보지 못한다. 어머니는 간단하고 확실하게 "하따, 저 산 좀 봐라"로 앞산 봄의 환희를 정리하지만 나는 아무튼 무슨 말인가 더 할 말이 있는데 그 말이 생각나지 않아 헤매며 내 방에 들락날락하는 것이다. 아무것도 손에 잡히지 않고 아무 생각도 정리되지 않은 채.

어느 해 여름이었다. 나는 초저녁부터 이 산 저 산에서 너무나 확실하게 울어대는 소쩍새 소리에 또 잠을 못 들어 불을 켰다가 끄고 누웠다가 다시 일어나고 일어났다가 마루에 나가서 보고 혼자 오락가락 헤매고 있었다. 그런데 이게 웬일인가. 그날 소쩍새가 우리 집 앞의 느티나무에 와서 울고 있지 않은가. '에라이 이놈의 새를 그냥.' 나는 잠을 못 이뤄 뒤척이며 거짓말 조금 보태서 이를 갈고 있었다. 불을 끄고 누우면 꼭 약올리는 것처럼 내 머리맡에 바짝 와서 울어대는 것이다. 일어났다 앉았다 몇번을 반복하다 나는 플래시를 찾아 들었다. '내 이놈의 새를 꼭 보고 말리라.'

나는 살금살금 발소리를 죽이며 쥐죽은 듯 고요한 그 느티나무 아래로 향했다. 아무리 캄캄한 밤이라도 나는 이 길의 돌멩이나 풀 한포기도 다 기억해서 눈을 감고도 우리 집과 느티나무 사이를 오갈 수가 있는 것이다. 나는 조심조심 느티나무 아래로 다가갔다. 그런데 갑자기 소쩍새가 울음을 뚝 그치는 게 아닌가. '어, 이놈의 새가 내 숨소리나 발소리를 들었나.' 나는 느티나무 뿌리에 가만히 앉아 숨을 죽이고 있었다. '울기만 해봐라, 내가 너를 기어이 보고 말리라.' 한참을 그렇게 앉아 있었더니 아니나 다를까 소쩍새가 울기 시작했다. 처음엔 더듬더듬 작은 소리로 울더니 차츰차츰 목청을 높여가다가 안심하고 맘껏 울었다. 그래 나도 좀 견뎌보리라. 나는 그 소리를 똑똑히 듣고 앉아 있었다. 이상한 것은 그렇게 내 머리 바로 위에서 울음소리를 들어보니, 그것은 새 울음 이상도 이하도 아닌 그냥 새소리에 불과했다. 소쩍 소쩍 소쩍쩍 하며 우는 그냥 새소리였던 것이다. 나는 별것도 아닌 것을 가지고 여지껏 애간장을 태웠구나 싶어 화까지 치미는 것을 참아가며 그 소리를 듣고 있다가 새 울음소리가 나는 곳을 온 촉각을 세우고 가늠했다. 그렇지 저기, 저기쯤이겠구나. 나는 내가 짐작한 지점을 향해 힘껏 플래시의 스위치를 당겼다. 아, 그 짧은 순간 소쩍새 소리가 뚝 그치고 거기 참새보다 조금 큰 것 같은 새가 앉아 있는 것을 나는 똑똑히 보았다. 그 새의 눈빛도 본 것 같았다. 후드득 새가 날았다. 나뭇잎이 흔들렸다. 나는 얼른 불을 껐다. 그리고 검고 큰 우산처럼 서 있는 느티나무 밑을 빠져나와 집에 와 불을 끄고 누웠다. 아, 그런데 그 소쩍새가 느티나무에서 다시 천천히 소쩌적 소쩍 하며 우는 게 아닌가. 이 산 저 산에서도 소쩍새들이 서로 소리를 주고받으면서 우는 것이었다.

소쩍새가 찾아와 우는 진메마을 앞 느티나무.

나는 지금은 소쩍새 소리를 따라가다 깜박 잠이 든다.

소쩍새, 이른봄 진달래가 피기 시작하면 쌀쌀한 밤 까칠한 봄산에서 울기 시작해서 가을이 끝날 무렵까지 우리나라 산천을 울리는 새. 사람들은 이 새를 두고 온갖 이야기들을 만들어 냈고 시인들은 시를 쓰기도 했다. 어쩌다 이 새에 대해 써놓은 글을 보면 너무 틀린 경우가 많다. 이 새가 낮에 우는 경우는 극히 드물다. 깊은 산속에서 이 새가 간간이 우는 때도 있긴 있지만 대체로 밤에 운다. 소쩍새 울음을 한낮에 들었다고 써놓은 글을 보는 경우가 있는데 이때 글쓴이가 들은 것은 아마 뻐꾸기 소리인지 모른다. 뻐꾸기는 뻐꾹새라고도 부르는데 산에서보다 마을 가까이에서 많이 운다. 어떨 때는 이 산에서 서 산으로 날아가며 울기도 한다. 또 이와 비슷한 쑤꾹새가 있다. '쑥꾹쑥꾹' '쑤꾹쑤꾹' 소리로 들리는데 배고픔이 많았던 농부들은 이 울음을 '쑥국'이라고 표현한다. 소쩍새 소리가 풍년일 때는 '솥꽉' '솥꼭' '솥꼭꽉'으로 들리고 흉년일 때는 '솥텅' '솥텅' '솥텅텅'으로 들리는 것과 같은 이치다. 쑤꾹새는 깊은 숲속에서 우는데 나는 동네 어른들한테서 비둘기 암놈이 우는 소리라고 들었다.

글을 쓰는 이 밤에도 소쩍새는 울고 있다. 그 소리와 화해하고 극복했다지만 지금도 나는 무심한 그 울음 속에 무슨 할말이 더 있을 것 같은 생각으로 다시 돌아눕는다. 돌아누운 그쪽에서도 소쩍새는 소짝소짝 울고 있다.

뱀이 없어요

　요즘도 밤이면 청웅, 강진, 순창 사람들이 동네 앞 강변으로
다슬기를 잡으러 온다. 오래 전엔 도시락들을 싸들고 버스로
와서 하루종일 물 속에 앉아 돌을 뒤집어 다슬기를 잡더니 요새
는 밤에 차를 몰고 와서 플래시로 물 속을 비춰가며 다슬기를
잡아간다. 한여름에는 강변이 불야성을 이룬다. 다슬기는 해가
넘어가기 시작하면 바위 틈에서 슬슬 기어나와 바위 위에 붙어
있다. 또 궂은 날에도 슬슬 기어나와 바위 위에 붙어 있곤 한
다.
　플래시 불빛으로 다슬기를 잡다 보면 제일 무서운 게 뱀이
다. 물안경을 끼고 깊은 물 속에 들어갈 때도 혹 뱀이 있을까
하는 걱정이 앞서는데 캄캄한 밤에야 어찌 무섭지 않겠는가.
더군다나 날씨가 무덥고 찔 때면 독사도 물가로 나와 시원한 강

바람을 쐬고 하는 것을 낮 동안 본 사람들은 더욱 그러하다. 그러나 밤에 물 속에서 독사를 보았다는 사람은 없다.

아무튼 플래시 불빛이 강물에 어른거리기 시작하면 물에서만 사는 물뱀이 불빛을 따라 모여들어 사람들을 졸졸 따라다닌다. 물뱀은 독이 없어서 물려도 아무렇지 않다는 것을 우리 동네 사람들이야 잘 알고 있어서 그리 무서워하지 않지만(그래도 물뱀이 졸졸 따라오면 겁내지 않는 사람은 없다) 도회지 여자들이 어쩌다 다슬기를 잡으러 와 졸졸 따라오는 물뱀을 보면 기절초풍을 하기 마련이다.

다슬기를 한참 잡다가 허리가 아파 허리를 쭉 펴며 일어서다 보면 이따금 물뱀이란 놈이 바로 코앞에서 물 위로 대가리를 조금 내어놓고 사람을 말똥말똥 쳐다볼 때가 있다. 그럴 때 그 누구도 기겁을 하지 않는 사람은 없다. 그러나 우리들은 잘 안다. 요놈이 절대 물지 않는다는 것을. 그래서 우리들이 손가락으로 이마를 튕길 때처럼 뱀의 대가리를 힘껏 튕겨버리면 요 물뱀이란 놈은 골이 띵해서 어지러운지 빙글빙글 돌며 도망을 갔다가는 정신을 차린 후 또 졸졸 따라오는 것이다.

가을이 되면 송아지처럼 울어서 뱀들을 불러 모은다는 능구리는 말 그대로 능글맞다. 잡으려고 돌멩이를 던지거나 막대기로 건드려도 이 능구리는 능글능글 움직이질 않는다. 여름철 시골 아스팔트 위에서 차에 치여 제일 많이 죽는 뱀이 이 능구리이다. 능구리는 허리 아픈 데 좋다고들 해서 술을 많이 담그는 뱀이다. 나도 어느 해였던가, 허리가 어찌나 아팠는지 한달쯤 고생을 했는데 한수형님이 앞밭 구석에 묻어둔 이 능구리주를 두 컵 먹고 땀을 흠뻑 흘린 후 거뜬히 일어났던 적이 있다. 뱀의 효력인지는 잘 모르겠지만. 이 뱀은 두꺼비와 싸우기도 하는데 대개 먼저 보는 쪽이 이긴다고 한다. 두꺼비는 새끼를 밴 후 이 뱀에게 일부러 잡혀 먹히기도 하는데 두꺼비를 삼킨 이 능구리를 파먹으며 두꺼비 새끼는 세상에 나온다고 한다. 80년대 민중운동 초창기에 이 두꺼비가 그려진 그림이나 판화를 운동깃발로 사용하기도 한 것은 아마 이런 연유에서였을 터이다.

뱀 중에서 제일 무서운 것은 독사이다. 독사 중에서도 등에 흰 무늬가 있는 살모사가 제일 무섭다. 이 뱀은 못같이 단단하면서도 날카로운 꼬리를 갖고 있고 따다다다 따다다다 하는 소리를 내는데 그 소리에 소름이 돋지 않는 사람은 없을 것이다.

여름철 느티나무 밑에 앉아 놀다가 강물에 물살이 이는 것을 보면 영락없이 뱀이 물을 건너오고 있었다. 어렸을 적 우리들은 강물을 건너오는 뱀이 강기슭에 닿기가 무섭게 돌멩이로 죽이곤 했는데, 나뭇잎이나 풀잎처럼 푸른 뱀도 있었고 등줄기만 하얀 뱀도 있었다. 그때만 해도 여름철에 동네 어디를 가도 하루에 뱀 몇마리쯤은 볼 때였다.

어느 해던가 동네 어른 한분이 병원에서도 고치지 못하는 병이 들어 뱀을 잡아다 강변에서 삶아 먹었다. 그때 꽃뱀 알을 주워먹어본 적이 있는데 지금도 단언하건대 나는 세상에서 제일 맛있는 게 무엇이냐고 물으면 "예. 화사 알이요" 할 것이다.

어느 해인지는 몰라도 월파정에 땅꾼들이 살았다. 동네에서도 자루를 허리띠에 매달고 나무 집게를 들고 여기저기를 어슬렁거리는 땅꾼들을 볼 수 있었다. 그 무렵 이웃마을 아주머니들이 둘이나 어디론가 사라진 일이 있었는데 땅꾼들이 데러가버렸다고 했다. 땅꾼들은 뱀만 잡아간 게 아니고 동네 이쁜 과부나 아낙네들도 잡아갔던 것이다.

그래도 뱀은 많았다. 감나무, 밤나무 밑이나 산 돌자갈밭에 가보면 독사들이 바위에 똬리를 틀고 앉아 있었고, 말리려고 널어놓은 풀 위에 뱀은 많이도 있었다. 뱀도 다른 동물처럼 본능적으로 사람을 무서워한다. 하지만 뱀은 숨어 있지 않고 늘 사람의 눈에 잘 띄는 곳에 있다. 자기를 적에게 철저히 노출시킨다. 어쩌다 뱀하고 눈이 딱 마주치면 뱀은 절대 움직이질 않는다. 계속 눈을 맞추고 있다가 사람이 무기를 주으려는 그 순간, 그러니까 뱀으로부터 눈길이 떼어졌을 때 뱀은 순식간에 덤벼들거나 도망쳐버린다. 돌멩이나 나뭇가지를 주워들고 뱀이 있던 곳을 보면 십중팔구 뱀은 그 자리에 없다. 독사의 경우는 틀림없이 그렇다.

그런데 80년대 들어 대대적으로 뱀을 잡기 시작했다. 사람들은 모기장을 사다가 산중턱쯤에 몇킬로씩 망을 쳐놓았다. 그 칙칙하게 우거진 산을 삥 둘러 모기장 아닌 뱀망을 쳐댔던 것이다. 뱀은 봄엔 물가로, 그러니까 산 아래로 내려오고 가을이면 집을 찾아 산 위로 오른다. 사람들이 그런 뱀의 습성을 이용하여 토벌전을 벌였던 것이다. 이놈의 뱀이 산을 오르내리다가 땅에 착 달라붙게 쳐놓은 뱀망을 딱 만나면 뒤로 되돌아가면 될텐데 그렇질 않았다. 뱀망을 따라 옆으로 슬슬 기어가거나 아니면 그 자리에 가만히 죽은 듯 멈춰버리는 것이다. 그러면 밤에 자루를 들고 집게로 주워 담으면 되었다. 뱀을 잡는 게 아니라 주웠던 것이다. 독사고 능구리고 새끼고 어미고 가리질 않고 뱀을 자루에 모두 주워담아가니 뱀이 남아날 리가 없었다. 무서운 일이었다.

나도 언젠가 여름방학 때 친구가 뱀망을 쳐놓은 데를 자루를 들고 따라가본 적이 있다. 그 친구는 플래시 불빛을 망 가까이 밝게 비추며 슬슬 걸어가다가 뱀이 있으면 나보고 "야, 용택아 이놈은 독사다" "야, 이놈은 무지무지 크다" 하며 자루를 벌리라고 했다. 그 뱀망에는 뱀만 걸린 게 아니라 커다란 고슴도치도 몇마리씩 오도가도 않고 앉아 있었다.

그렇게 2, 3년 동안 이 나라 산천의 뱀은 거의 없어졌다. 지독한 사람들이었다. 우리나라 땅에서 자라는 뱀을 다 잡아먹은 이 나라 남정네들은 드디어 정력을 키우려 해외까지 진출해서 마침내 세계적인 빈축을 사기도 했다. 대단한 사람들이다. 나는 우리들이 대단하다는 것을 이땅 곳곳에서 느끼곤 하는데 이때처럼 실감한 적이 없었다.

나는 90년대 들어 십리 강변길을 걸어 2년 동안 출퇴근을 했지만 그 많던 뱀을 한번도 본 적이 없다. 지금도 마찬가지다. 집안 담장에서나 소나기 직후 뙤약볕에 몸을 말리러 나온 구렁이를 본 기억이 까마득하다. 서리가 내린 가을이면 돌이 많은 너덜겅에 뱀들이 수십 마리씩 뒤엉켜 있고, 여름철 냇가에 학이 날아와 뱀을 물고 있는 것을 보곤 했는데 이제 물뱀을 제외하곤 뱀을 보기가 힘들어졌다. 우리들의 할머니는 긴긴 겨울밤 뱀이야기로 몇날 며칠밤을 보내기도 했는데 이제 내 아이들은 구렁이를 텔레비전의 '동물의 세계'에서나 본다.

뱀이 적어졌으니 희소가치가 있어 값은 더 비싸지고 이제·땅꾼들은 포클레인을 동원해 겨울철 뱀굴을 찾아 씨를 말리려 든다. 시골에서 가까운 읍내엔 허가나지 않은 뱀집이 있어 논일 들일 산일 하다 뱀을 잡으면 재빨리 거기에 갖다 판다.

뱀이 이렇듯 온갖 수난을 당해 그 수가 점점 줄어들고 물에서 산에서 쫓겨난다. 어디로 갈 것인가. 사람들이 하도 영악해서 힘없는 생물들은 이제 숨을 곳이 없다.

동네에서 어쩌다 몹쓸 병이 들면 사람들 눈에 띄지 않는 곳에서 쉬쉬 구렁이를 달여 먹던, 그것이 죄처럼 느껴지던 시절이 있었다. 그런 일은 어쩌면 자연의 순리를 거스르지 않은 순박한 행위였는지도 모른다. 우리는 지금 겸허한 자연의 섭리를 너무 무지하게 역행하고 있는 것이다. 모르는 게 아니고 알면서도 큰 죄를 짓고 있는 것이다.

눈 감아라 눈 감아라

집에 석유보일러가 고장이 난 모양이다. 펑 하고 돌다가 갑
자기 피시시 꺼져버리곤 했다. 답답하기만 했다. 보일러 시공
자에게 전화를 걸었더니 '에야'가 찬 모양이란다. 어디어디를
눌러보고 다시 전원을 넣어보란다. 시키는 대로 해보면 펑 하
고 터졌다가는 피시시 그쳐버리곤 했다.

다시 전화를 했다. 시공자가 왔다. 다짜고짜 '에야'가 찼다며
'에야'를 빼내기 위해 물을 먼저 빼내야 된다며 호스를 가져오란
다. 호스를 어디에 끼우니 뜨건 물이 호스를 따라 나와 김을 모
락모락 피우며 마당에 퍼지는 것이었다. 이때 어머니께서 재빨
리 마당에 나오시더니 마당에 퍼지는 뜨건 물 가까이에 이렇게
조용조용 말씀을 하시는 것이었다.

"눈 감아라. 눈 감아라."

나는 그 모습이 너무도 엄숙하고 진지하여 그지 가만히 숨을 죽이고 있다가 그 말씀이 끝나자 어머니께 여쭈어보았다. 대충 짐작은 했지만 어머니의 말씀은 너무나 진지하였다.

뜨건 물이 땅에 스며들어 땅속의 벌레들 눈에 닿으면 눈이 먼다는 것이었다. 그러니 벌레들에게 눈을 감으라고 일러준다는 것이다.

캄캄한 땅속의 벌레들의 눈.

어머니와 내 둘레 캄캄한 어둠속의 눈들이 반짝이며 별빛처럼 빛나는 것을 나는 보았다. 별빛 하나 다치지 않으련다. 별빛 하나 다치게 해선 안된다. 별빛처럼 빛나는 세상의 모든 살아 있는 눈빛들에게 지금 우리는 "눈 감아라 눈 감아라"는 경고도 없이 뜨건 물을 마구 붓지 않는지.

우리 반 강지호를 아세요

덕치초등학교는 섬진강변 큰 산 아래 작은 언덕에 포근하게 자리잡고 있습니다.

산그늘이 일찍 내리면 봄에는 토끼풀꽃이 예쁘고 가을에는 학교 뒤안 산국이 예쁩니다. 봄에는 학교 앞뒤에 살구꽃이 강냉이 튀밥처럼 툭툭 터지고 운동장 가장자리에는 왕벚꽃이 꽃구름처럼 피어난답니다. 어디 그런 꽃뿐이겠어요.

땅엔 꽃다지꽃, 나싱개꽃, 봄맞이꽃, 토끼풀꽃이 피어난답니다. 숲이 우거지기 시작하면 꾀꼬리가 벚나무 위에서 울며 학교 위를 노랗게 날아다닙니다. 딱새는 올해부터 어디서 와서 새끼를 길러 나갔답니다. 열 마리쯤 되는 어린 딱새들이 나뭇가지와 나뭇가지 사이를 포롱포롱 날아다니는 모습을 나는 오래오래 바라보았습니다. 아이들에게 알리면 큰일나니까 나 혼자 봤지요. 노는 시간이 끝나고 공부시간이 되면 운동장에 까치들이 내려와 놀고 다람쥐들이 돌아다닙니다. 어디 그뿐인 줄 압니까.

우리 교실 창가에 서면 아주 예쁜 강 건넛마을이 보입니다. 그 마을 뒷밭에는 콩이며 고추며 온갖 곡식들이 나박나박 나는 것이 보이고, 학교 뒤안 밭에는 옥수수, 수수, 감, 밤 들이 참 많답니다. 덕치초등학교에는 학생이 모두 쉰세 명이나 있답니다.

한 반에 쉰세 명이냐구요? 아녜요. 전교생이 쉰세 명입니다. 겁나게 많지요? 저는 이 학교를 오래 전에 졸업했답니다. 그리고 이 학교에서만 한 20년쯤 아이들과 놀고 있습니다. 말 그대로 놉니다.

저는 지금 2학년을 맡고 있습니다. 2학년은요 모두 여덟 명인데 남학생이 상윤이·지호·병태·현우고요, 여학생이 수라·여름이·소희·소정이 이렇게 네 명씩이어서 짝꿍을 만드는 데 어려움이 없습니다. 한 달에 한 번씩 짝꿍을 바꿔 앉습니다. 이 아이들 중에 지호라는 아이가 있습니다. 지호네 집 앞에는 강이 흐르는데도 지호는 이따금씩 세수를 하지 않고 침자국이 선명한 채로 학교에 와 우리들을 웃깁니다. 학년 초에 지호보다 한 뼘은 더 큰 현우가 지호를 어떻게 했는지 지호 외할머니가 학교엘 씩씩거리며 오셨다가 웃고 가신 적이 여러 번 있었습니다. 지호는 늘 내게 어리광을 부립니다. 공부시간에 앞에 나와서 의자에 앉아 있는 내 목을 껴안고 자기를 시켜달라거나 내 무릎에 턱 앉기도 합니다. 내가 책을 보고 있으면 뒤에서

엎드린 아이가 강지호다.

업히기도 합니다. 숙제를 않거나 잘못을 해서 내가 눈물이 쏙
빠지게 혼을 내면 찔찔 울다가도 1분도 못 되어 또 내게 어리광
을 부리며 매달립니다. 나하고 이런저런 이야기를 하며 선생
님, 선생님 부르다가 어떨 때는 아빠, 아빠 하며 내 어깨를 때
리고는 "어, 내가 아빠라고 했네" 하며 금세 다시 이야기를 시
작합니다. 구구셈을 외우라거나 동시를 외우라고 하면, 외우는
모습을 별로 본 적이 없는데 제일 먼저 외웁니다. 어떨 때는 온
교실을 심각하게 헤매 돌며 구구셈을 외우기도 해서 자못 내 얼
굴도 심각해지곤 한답니다. 여름에 공부할 때도 덥다 싶으면
웃옷을 다 벗고 공부를 하고 공을 찰 때도 곧잘 웃옷을 벗어던
집니다. 형들이 저한테 공을 잘 주지 않으면 마구 울면서 운동
장을 돌아다닙니다. 지호는 반 아이들보다 나이가 두 살이나

어립니다. 우리 반에서 키도 제일 작습니다. 지호 엄마를 내가
가르쳤지요. 지호는 또 이런 편지를 북한에 있는 친구에게 쓰
기도 했습니다.

　　북한 친구들 안녕. 난 지호라고 그래.
　　나도 너랑 친구가 되고 싶어.
　　친구야 너도 나랑 가장 좋은 친구가 되자.
　　친구야 너 이름 몰르고 너 얼굴 몰라도
　　싸우지 말고 좋은 친구가 되자. 나도 널 이해해.
　　우리 만나서 싸우지 말고 다투지 말고 아주아주 좋은 친구
가 되자.
　　친구 안녕.

1996.7.21　지호

덕치초등학교 그리고 2학년 강지호를 아세요. 지호는 이렇게
저렇게 커간답니다.

뭉게구름
1994년 7월 4일 일기

비가 그친 하늘엔 뭉게구름이 하얗게 솟아오른다. 참으로 오랜만에 보는 구름과 하늘과 산이다. 저렇게 깨끗한 푸르름과 저렇게 하얀 구름과 저렇게 파란 하늘빛을 본 것이 언제였던가. 아득한 꿈속을 헤매고 있는 듯하다.

날씨는 지독하게 무덥고 운동장 가장자리 벚나무숲에선 온갖 매미들이 울어대고 학교 뒤뜰엔 샛노란 개살구가 익었다. 저 건너 산에 나무들이 또렷이 보이고 집들이 또렷이 보인다.

작은 산봉우리 위에 둥둥 떠 있는 하얀 조각구름은 우리 민해가 그린 구름 같다. 박고석의 그림이 저렇게 단순했지 아마. 난 그의 그런 단순한 산들을 좋아했다. 그 단순한 산 위의 아무렇게나, 천진스럽게 그린 조각구름이랑.

좋은 날, 좋은 풍경, 단순한 아름다움이다. 나도 저렇게 단순한 자연 속에서 살고 싶다. 한 그루의 나무, 한 포기의 풀, 한 덩이 돌멩이로 아무데 서 있어도 서로 아름다운 조화를 이루며 거스르지 않는 풍경이 되어 살고 싶다.

그러나 또 며칠 있으면 희뿌연 연기들이 내 시야를 가리우고 내 가슴을 답답하게 할 것이다. 시선 끝까지 아득하게 보이던 산봉우리들은 이제 없는 것이다. 강물은 썩고 어디 앉을 자리 한군데 제대로 보전된 곳이 없다. 어디에 앉아서 자연의 소리를 홀린 듯 홀린 듯 귀담아들으며 그 소리들을 따라가고, 어디에 서서 오래오래 무엇을 바라보는 시간은 거덜났다. 침묵과 침잠과 고요의 시간, 바라봄의 차분함은 사라지고 속도와 질주와 소란과 어지러움이 판을 치며 인간 본래의 정신을 허물고 흐트러뜨리고 박살낸다. 조용하게 생각을 끌고 가다 끝낼 수가 없다. 생각의 어디에선가 날카로운 것들이 사색의 중간을 무너뜨린다.

둥둥 떠가는 조각구름과 뭉실뭉실 솟는 산 너머 하얀 뭉게구름을 풀밭에 누워 바라볼 수 있는 사람은 이제 드물다. 그 밝고 맑은 햇빛 저쪽 끝의 풍경을 바라보는 투명한 마음과 밝은 눈빛들은 이제 없다. 옛적, 그 힘차던 사내들의 근육과 해맑던 여인들의 살결도 이젠 없다.

저녁 햇살을 받은 산등성이들이 빛난다. 그 산그늘 아래 젖어드는 작은 내집평 들판의 벼들은 푸들푸들 뛰는 물고기들처럼 싱싱하게 살아난다. 그 논들 가운데 하얀 옷을 입은 농부가 띄엄띄엄 바작을 얹은 지게를 벗어놓고 논두렁의 풀을 깎는다. 다 깎은 논두렁 위로 가지런히 드러나는 저 벼들, 꿈길을 가듯

꿈길에 서 있듯 나는 지금 투명하게 서 있다. 어디선가 매미소리가 아득하게 들린다. 내 사랑했던 아름다운 작은 들판. 나 거기 구름 한 조각이 지나며 그리는 그림자처럼 서 있고 싶었다. (세상에 내가, 조각구름 지나는 그림자를 다 기억해내다니. 그렇구나. 나는 공부시간에 창 너머로 커다란 구름 그림자가 앞산을 지나는 것을 보았지. 그 그림자를 보면서 큰 우주선 함대가 하늘을 나는 것 같다는 상상을 했었지.)

서늘하게 젖어오는 산그림자. 물꼬에서 떨어지는 작은 물소리. 아이들 두엇 지나는 마을길에 나도 들어선다.

어제의 그 곱던 햇살이 오늘까지 이어진다. 구름이 많이 끼었지만 산빛이 해맑다. 구름 사이로 쏟아지는 햇살을 받은 강 건너 산, 나무들이 환하게 보인다. 그 환한 햇빛처럼 나도 갠다. 환하게 갠 땅에 개망초꽃 무더기들이 흩어지더니 내 마음 속으로 걸어들어온다.

어서 오너라, 어서 오너라. 내가 큰절하며 맞이한다. 환한 얼굴로 나도 꽃이 되어 햇살 속을 걷는다.

푸른 하늘에 뜬 뭉게구름, 조각구름으로 내게 평화가 찾아왔다. 사색의 길이여, 내 길이여. 길 끝에 아름답고 작은 진메마을이 있다. 사람의 마을.

짧은 생각들

하나

천가지 만가지 옳은 생각들은 할 수 있지만 한가지를 행동에 옮기기란 어렵다. 너는 그 한가지 길을 가라.

둘

농민들은 없는 것을 생짜로 만들어내지 않고 있는 것들을 자기 삶의 한부분으로 돌보고 가꾸고 공동으로 보호한다. 그것이 농민문화였다.

셋

내가 사람이어야
사람이 보인다.

넷

가르치면서 배우고 가르치면서 자기의 생활태도를 반성하고 삶을 깊이 깨닫지 못하면 그 교육은 교육이 아니다. 즉 교육은 '자기' 교육이다.

다섯

세월은 두려움을 없애주는 편안함을 가져다준다.

여섯

지금도 나무로 불을 때서 구들을 따뜻하게 하고 밥을 해서 먹는 사람이 있다. 그 집에 저녁연기가 오른다. 해가 지고 산 아래 폭 싸인 저녁 마을이 나를 늘 인간에게 가까이 가도록 끌어당긴다.

일곱

그것이 진짠지 알지. 너그 생각들이 전부인지 알지. 하루종일 가야 흙 한번 손발에 묻히지 않고 방구석에 앉아 하는 일들이 진짠지 알지. 그 논(論)들이, 그 설(說)들이, 그 평(評)들이, 그 예(例)들이 진짠지 알지. 거기선 인간을 따뜻하게 감싸고 눈물로 어루만지고 사랑으로 따독이는 인류애가 나오지 않음을 아는지. 거긴 희망이 없어, 도시에서 저 시멘트와 아스팔트와 재빠른 삶 속에선 인간을 구원할 아무것도 나오지 않아. 그것이, 시방 너그들이 써대고 지껄이는 그 말들이 글들이 얼마나 밀폐되고 스스로 폐쇄시킨 감옥인지 너그들은 모르지. 못 배우고 가난하고 돈 없고 빽 없다고 너그들이 얼마나 사람들을 무시하고 까불었는지 너그들은 모르지. 지금도 그러고 있는지 너그들은 모르지. 네 앞에 네 생각 속에 있는 세상이 전부인지 알지. 이슬에 흰 풀잎을 보았니. 거기서 잦아드는 이슬과 제자리로 가만가만 돌아가는 풀잎의 자세를 보았니.

너그 그것이 진짠지 알지. 차를 타고 다니며 아파트 깊숙한 방에서 저 휘황한 거리에서 그 점잖음과 쓸데없는 편견에서 인간의 냄새는 없어. 인간의 냄새는 땅에서 나올 뿐이야. 대지, 대지에 굳건히 딛지 않은 발은 허공을, 허방을 딛는 헛발이야. 땅으로 내려오너라. 땅에서만 창조가 있어. 사람의 꽃은 땅에서만 흙에서만 피어나 시들 줄 안다. 헛소리 같지만 신념과 믿음과 인간을 세울 수 있는 곳은 흙뿐이야.

니가 지금 쓰고 있고 생각한 것이 진짠지 알지. 문득 고개를 들어봐. 욕심과 욕망의 덩어리뿐일걸. 아마 그 글과 생각이 인간에게 무슨 소용인가 말이다. 너그들이 걷고 앉고 서 있는 그 밑에 땅이 숨막혀 있어.

여덟

무지개와 뭉게구름은 자연이 만들어 하늘에 걸어둔 가장 향기로운 희망이며 절정에 다다른 도덕이다.

아홉

그래도 인간은 있어.

224